神保町の怪人

紀田順一郎

百貨店の催事で古書展覧会が行なわれるようになった昭和42年春。詩集のコレクターである大沢から、古書収集の極意は「殺意」と聞かされた喜多は、彼が本を借りてはそのまま私物化しているという噂を耳にする。その後大沢が居合わせた展覧会で、稀覯書が忽然と消え失せた……本を手に入れるためなら手段は選ばない収集家の闇を描く「展覧会の客」、古書オークション開催者に翻弄される喜多が最後に意外な真相に辿り着く「『憂鬱な愛人』事件」、古書店で起きた盗難事件と、図書館での司書強殺。「電網恢恢事件」の三編を収録する。初文庫化！

神保町の怪人

紀田順一郎

創元推理文庫

MONSTROUS COLLECTORS IN JINBO-CHO

by

Junichiro Kida

2000

目次

神保町の怪人

第一話　展覧会の客

1

東京の日本橋で百貨店の老舗として知られた白木屋が、まだ繁盛をきわめていた昭和四十二年の、たしか五月ごろのこと、そこで開催された明治大正古書即売展で、私は初めて大沢真男に出会ったのである。

当時はまだ百貨店における古本の展示即売展（略称、展覧会）というのはめずらしく、主催者である東都古典会でも前夜祭——というと大袈裟だが、初日に先立って顧客や報道関係者を相手にレセプション・パーティを催すほどの気の入れようだった。私がゆくりなくもその席に招かれたのは、おそらく主催者の一員である史伝書房の口ききと、それにたまたま古本に関するコラムを書評紙などに寄稿していたからだろう。

七階のグランドホールと称する催事場が紅白の幔幕で仕切られ、その一隅で主催者の挨拶が行われていた。定刻に遅れていった私は、史伝書房ほか二、三の顔見知りの業者に目顔で挨拶したあと、二百人を超える列席者のうしろのほうで水割りのグラスを傾けながら、来賓の挨拶に聞くともなく聞き入っていると、ふと背後に人の気配を感じて振り返った。

「だいぶ出物がありますね」

その男は私と目が合った瞬間、気さくに話しかけてきた。キビキビした口調とエリート商社マンのような風采は、一見して業者でないことを思わせた。年齢は三十代の後半で中肉中背、顎が張った意志の強そうな顔だが、油断のなさそうな目つきと薄い唇、白い糸切り歯にはどこか酷薄さを感じさせるものがあった。顔色は異常に蒼白いが、肩幅などは私などよりずっと広そうで、仕立てのよい灰色のスーツの胸ポケットからは臙脂のハンケチを格好よく覗かせていた。

「……何をお集めですか？」

私は挨拶のつもりで問いかけた。当時このような場所に招かれる古書の収集家といえば、いずれも年輩者で、学者かどこかの大旦那風と相場がきまっていたので、その男の若さに戸惑いながら、当たらずさわらずの質問をしたのである。

「なあに、詩集とか文芸書の初版本をちょっとね」

得意そうに白い歯を見せた彼は、内ポケットから素早く名刺を取り出した。それには京橋に事務所を持つ「クレセント・アド」という会社名が記されていた。

「広告会社ですか？」

私は一瞬、このやり手のビジネスマン風の人物と詩集とが結びつかなかったので、怪訝な表情を浮かべたにちがいない。彼は質問には答えず、幔幕の間から見えている陳列会場のほうを顎で示しながらいった。

「詩は発禁本が多くて面白いですよ。今日も児玉花外の『社会主義詩集』の稿本などが出てますがね」

「あれですか。原本が刊行前に発禁になったため、この世に存在しないといわれているそうですね」

「その通りですが、稿本というよりも写本ですね。それも実は二種類あるとされているんですよ。つまり、明治三十六年当時の出版社である金尾文淵堂の社長がつくった写本と、そこからさらに筆写したものと二種類あるんです。今回出品されるのが、そのどちらかはわかりませんが」

「しかし、六十万円とはいい値段ですね」

「いや、私も買う気はありませんよ。じつは著者自筆の、本物の稿本を持っているんです」

「え？　ほんとうですか？」私は思わず素っ頓狂な声をあげた。児玉花外の自筆稿本といえば、重要文化財にも匹敵するほどの価値がある。「そんなものまで収集しているんですか？」

「銀行の金庫にしまってありますが、いつでもお見せしますよ。――しかし、それよりも今日の私の目あては『ワットオの薄暮』なんですよ。目録の写真では、かなりの美本のようですがね」

大沢が、たくみに話題を逸らしてしまったので、花外の稿本のことはそのままになったが、私は『ワットオの薄暮』についても満更関心がなくもなかった。戦前から戦後にかけて人気のあった堀井辰三の詩文集で、昭和八年に中村典彦のエッチング図版を挿入した限定二部の豪華本が私家版として上梓されているが、うち一部は最初の所蔵者の逝去にあたって納棺されたという伝説があり、そうなると残っているはずの一冊をめぐって、いやが上にも収集家の欲望を煽り立てる結果となっていた。無論、私ごとき者には実物を拝む機会すら得られず、ただ「日本愛書通信」の記事などにより存在を知っていたにすぎない。それが三十余年ぶりに出現するというのだから、愛書家にとっては絶対に見逃せないチャンスといえる。第一、その売値からして私が二、三年前まで勤めていた小さな会社の給料の十年分に匹敵する、唖然とするほど高価なものだった。

「ええ、皆さん」そのとき壇上ではセレモニーが終了し、司会者が叫んでいた。「では会場をお目にかけます。ただし、販売は明日になりますのでご了承ください」

幕が両側へ開かれると、ぞろぞろと人波が動きはじめた。大沢はそれを皮肉っぽい目で見ながら、

「売ってくれないんじゃあ、慌てることはないね。ゆっくり行きましょうや」

私は機先を制せられたが、その通りだと思い直し、やがて彼とともに列のしんがりに従って会場へ入った。

この翌年の秋には政府の音頭取りによる「明治百年記念式典」が挙行される予定で、いわ

ゆる明治ブームが盛り上がりを示していたが、それに連動する形で古書界も明治本を中心とした入札会や即売会を積極的に開催していた。そのほとんどが、神田小川町に新装成ったばかりの東京古書会館で催され、常よりも多い客足を集めていたが、百貨店を会場とする規模の大きな古書展は初めてといってよく、出品物の充実ぶりはかつてないものだった。私は会場の半分も回りきらないうちに、問題の『ワットオの薄暮』をはじめ名だたる珍本、稀覯書の山に幻惑されてしまい、明日はぜひとも始発の電車で駆けつけなくてはと決心したのだった。

三十分ほど過ぎたころ、ふと大沢のことを思いだしたが、すでに彼の姿はなかった。

2

翌日、私は六時半ごろに横浜の家を出た。まだサラリーマン時代の習慣がのこっていたので、もっと早く起きることもできたが、いくら何でも開場の二時間前に到着すれば先頭グループに入れるものと、すっかり高をくくっていたのである。

ところが、白木屋前の中央通りに到着しておどろいたことには、すでに百五十人以上の長い列ができているではないか。私はあらためて明治ブームを実感しながら、大沢の姿を探し求めたが、意外にもまだ到着していないようだった。

なんだ、口ほどでもない、あれで『ワットオの薄暮』のような大物が手に入るんだろうか。私はそう思いながら列の最後尾に並んだ。

その日はウィークデイだった。ときならぬジャンパー姿の中年男の行列を、通勤途中のOLがいぶかしそうに見ながら通りすぎる。中には二人連れで笑いをこらえるように顔を寄せあっている者さえある。私はなるべく顔をかくすようにしながら並んでいたが、そのうちに背後のほうから名前を呼ばれて振り向いたところ、五、六十人ほどうしろのところで大沢が手を振っているではないか。

「そんなところで大丈夫ですか？」私は揶揄（やゆ）半分に声をかけた。

「ハッハッハ、なあに、プロの腕前を見ていてくださいよ」

彼は白い歯を見せながら、Vサインをしてみせた。

十時近くなって、三百人以上にふくれあがった列は、係員の指示で七階に誘導され、ベルの音とともにどっと会場へと動き出した。途中に宝飾品売場があって、黒いスーツに真珠のネックレスなどを身につけた派遣店員がズラリと並びながら、およそ場ちがいな中年男どもが髪ふり乱してドタドタと駆けまわる情景を呆気にとられたように眺めている。その後何度も経験して、すっかり慣れてしまったとはいえ、当初は私自身、気恥ずかしい思いをしたものだ。

小一時間ほど、夢中になって本を探していると、前方から二、三十冊もの本を重そうに両手にかかえこんだ大沢がやってきた。その顔からは、いまや抑えんとしても抑えきれない北叟笑みが洩れている。

「ずいぶん収穫がありましたね」私は呆然としながら、その背表紙を一瞥した。「おや、ワットオはどうしました？」

「ハッハッハ。あれは家へ帰って資料を調べてみたら、ニセと判明しましてね。人騒がせな話ですよ。まあ、今日のところはざっとこんなもんでしょうね」彼は笑いを嚙み殺すようにしながら、急に声をひそめた。「いいですか、これはね、昨日会場に案内されたとき、一巡しながらチョイチョイと、別の本の下に隠しておいたんですよ」

私は腹の中で「やられたっ」と叫びながら、「それはいくら何でもアンフェアじゃありませんか」といいたいのを必死にこらえた。どうやら私は彼のあまりにも開けっぴろげな笑いに幻惑されてしまったに相違ない。もし私が彼と同じ詩集という分野のコレクターであったなら、その場で激しい非難をぶつけていたことだろう。したがって、これから後の話も起こり得なかったことになる。

「どうですか、その辺でお茶でも。ここにはもう用はない」

彼は私の複雑な表情を読んだかのようにいった。

その日は彼の収集歴のなかでも格段に記憶すべき日だったのだろう。四階の小さな喫茶室で、収集にまつわる思い出話を開陳してくれた。二十年間に一万冊の詩集を集めたが、その過程には聞くも涙、語るも涙の思い出があるといい、なかでも大雪の日に郊外の古本屋の目録を見て、かねて会社のロッカーに用意しておいた長靴をはいて出発し、交通途絶の中を真夜中になって郊外の古本屋にたどりつき、ポストにあった他の注文者の速達を破り棄て、泥酔して寝込んでいた店主を叩き起こして首尾よく目的を果たしたというエピソードや、ある詩人の戦時中の児童向け著書を探求のため、菓子折り持参で押しかけ、二十年前の献本先を思いださせ、一人一人の生存を区役所の戸籍台帳にあたって確認、虱つぶしに当たった結果、ついに二冊も入手できたという話などが印象的だった。

「二冊ですよ、二冊。これだからやめられません」

彼は満足そうにコーヒーをすすった。

「すさまじい話ですね」私は思ったことをそのまま口にした。「おそれ入谷の鬼子母神。……この駄洒落を久しぶりで使いたくなったなあ」

「タバコを吸うんですね？」このとき私がハイライトに火をつけたのを見て、彼は急に話題を変えた。「一日何本ぐらい？」

「二、三十本ですよ。やめようとは思ってるんだけど」

「おやめになったほうがいいでしょうね。本とタバコくらい相性の悪いものはない。書斎でふかせば背表紙は茶色になるし、焼けこげはつくるし。第一、いくら本を集めても長生きできないのでは、仕方ないからね。われわれはすでに本を集めることそのものに、時間を浪費しているんだから」

「そういえば、そうですね」私は何となくしらけて、タバコをもみ消してしまった。

「ところで、一般論ですがね」と、このとき彼は思わせぶりに声をひそめ、じっと私の目を覗きこみながらいった。「本集めの極意は何だと思います?」

正午に近い店内はほとんど客の影もなく、ただカウンターに二日酔とおぼしきセールスマン風の男が一人、憂鬱そうな顔で頬杖をついているばかりである。

「極意、といって、何か特別のことでもあるんですか?」

詐術ですか? といいかけて、私はことばを呑みこんだ。

「わかりませんか? 教えてあげましょうか? 聞けばなあーんだ、というにきまってるけどね」

「何です、それは? 是非聞きたいですね」

「殺意ですよ」

「えっ?」

「サツイ!」と彼は声を高めた。「わかりませんか? 殺意ですよ。単なる熱意だけでは到底だめなんですよ」

かたわらのカウンターで頬杖をついていた男が、こちらをじっと注視しはじめた。妙な連想だが、私はヒッチコックの映画で赤の他人同士が交換殺人の相談をする場面を思いだしていた。

「本のためなら人を殺すこともあえてするという意味ですか?」私は自分が声をひそめることによって、大沢に注意を促した。

「まさか。実際に殺せるくらいならこんなに苦労していませんよ。そこまで行けないから、頭を使うことになる」

「頭を、ね」

「いいですか。考えてもごらんなさい。珍本にはみな所蔵者がいる。その人が死ぬのをおとなしく待っていたら、こちらが年をとってしまうじゃありませんか。人間の一生は限られているんです。便々と待っていられるかって……」

「だから、どうするというんですか?」私はそろそろバカバカしくなってきた。「五寸釘でも打つんですか?」

「あなたも意外に古いね」彼は白い歯を見せると、椅子にそっくり返った。「けど、当たらずといえども遠からず、かな。相手を呪殺するくらいの迫力がないと、たとえば相手が病気で死んだときなど、間髪を容れずに押しかけていって、線香一本あげて、親族にじつは故人に本をお貸ししておりましてなどと切り出す勇気は出てこないからね」

「実行したんですか?」

「一度だけね。そのほかには……、おや、もうこんな時間か。今日の話は内緒にしてください」

「詩集を集めてなくてよかったですよ」これは実感であった。「たかが本で呪殺されてはたまりませんからね」

「ハッハハッハッハ」彼は薄い唇をゆがめて笑った。「お互いに、本にはくれぐれも気をつけましょうや」

彼は伝票を横目で見ながら立ちあがった。昼休みになったのか、OLが三々五々入ってきて、窓際の席へつきはじめた。

3

白木屋の展覧会で古書ブームは燃え上がった。都内各所から地方にいたるまで、百貨店を会場とする大型の展覧会があいついで開催され、私は週に二、三冊は送られてくる分厚い出品目録のページを、仕事をそっちのけにして、夢中でめくるという日々が続いた。明治ブームそのものは秋ごろをピークとして、徐々に下り坂に向かったが、神保町(じんぼうちょう)では「二世」と呼ばれる若手経営者――創業者の後継――が中心となり、意欲的な催しを行っていたので、マーケットには魅力的な本がどっと溢れた。値段もまだ廉く古書マニアにとっては至福の黄金時代であった。

どの展覧会でも大沢に出会った。会えば必ず立ち話をしたり、お茶を飲んだりしているうちに、彼が私より八歳年長で、すでに『日本古典論』と『風濤詩集』という二冊の著書を上梓していることを知った。たまたま当時親しかった芹沢書房という小出版社より、何か復刻の企画はないかという相談を受けていたので、深く考えもせず彼に伝えたところ、詩書でよければ原本提供などの面で協力してもよいという返事だった。出版社もすっかり乗り気になったところで、間もなく『善本詩集復刊叢書』という企画が実現することになった。大正末期から昭和戦前にかけて少部数出版された現代詩のなかから、とくに入手しがたいものを十点ほど選び、忠実に復刻したもので、前例のない企画として評判になったものである。

大沢はこの余勢を駆って、現代詩の書誌的な見取り図ともいうべき『近代日本詩書集成』を、同じ版元から出版した。六百冊以上の現代詩について刊行の記録と書影を掲げた資料集で、これもまた好評だった。

そのようなある日のこと、行きつけの駿河台下の史伝書房に立ち寄ったところ、折からレジ番をしていた店主が話しかけてきた。姓を西村というところから、業者間では西さんという愛称がある。

「このごろ、大沢とつきあってるそうだけど、用心したほうがいいよ」

赤ら顔の西さんは真剣な表情だった。

「なぜ？」

「あいつは、コレだからねえ」

節くれだった指の先を鉤形にして見せた。

「え？　あの人が？　まさか……」

「まさかもヘチマもないよ。有名じゃないか。展覧会のときなど、やつが来ると、みんなで知らせあってマークするほどなんだから」

「そんなに警戒されていたら、手も足も出ないでしょうが」

「それがね、いつの間にかやられてるんだ。じつは、うちの親戚の竹内書店も、一度展覧会で食らったことがあるんだ」

「ほう、どんな本？」

「恒藤弘一郎の『狼火』さ。それほど高い本じゃないけど、ちょっと油断してる隙にやられちゃってね」

「訴えればいいじゃない。犯人がわかってるんだから」

「とんでもない、よほど現場をはっきり見なければ呼び止められないよ。会場を出てしまえば終わりだし」

私は、いつだったか展覧会場を出ようとする若い男が、追ってきた古書店主につかまり、蒼白な顔で「そうじゃないんです、ちがうんです」などと、しどろもどろに弁解していた光景を思いだした。

「それは、……たとえば熱意のあまり魔がさしたとか、そういうことじゃないの？」

「まあ、熱意といえば聞こえはいいが、それだけともいいきれないね。だいぶ迷惑してる人もいるようだよ。最近の新聞にも載ったじゃない」

「新聞？　知らないね」

「ええと、あの切抜きはどこへやったかなあ」

西さんは伝票や請求書が雑然と山をなしている箱の中を掻きまわしていたが、やがて「これだ、これだ」と一枚の切抜きを探し出した。みると東京新報の「こちら情報部」という特集記事で、「返らぬ珍本」「現代作家に被害続出」「古書ブームに躍る新手の詐欺」といった派手な見出しが目に飛びこんできた。内容は大沢が『近代日本詩書集成』の編纂を口実に、数人の高名な詩人や評論家から貴重な初版本を借りまくり、そのままドロンしてしまい、返却の催促にも知らん顔をしているというものである。記事の末尾には被害者の一人である評論家の「まったく非常識な話。私にとっては貴重な思い出の本なので、告訴しようとも思ったが、値段にすれば二、三万円の本でしかないし、穏便（おんびん）に返してもらえる方法はないものか」という趣旨の談話に続いて、型通りに大沢本人の「借りた本は必ず近く返すつもり。単なる行きちがい」という素っ気ないコメントが付されている。

「これは――」と、私は大沢の手段を選ばない収集法を思いうかべながらいった。「あの人は、なかなかやり手のようだからね」

「やり手なんてもんじゃないよ。まるっきり詐欺横領じゃないか。法律的な立証は大変だが、これは立派な犯罪だと思うよ」

「うーん、あわよくば返さなくとも、と思ってることはたしかだなあ。しかし、こと万引となると、現場を見ているわけではないから……」

「喜多さんは何も知らないなら仕方ないけど、とにかく用心だけはしたほうがいいよ」

西さんは急に不機嫌になり、そっぽを向いてしまった。

そのころの私は自分の著述の方向として明治思想史に力を入れるつもりでいたので、詩のコレクターである大沢とは競合することがなかった。彼の関心はもっぱら透谷の『楚囚之詩』のような、時価数十万円という初版本にあって、私のほうといえば全集本でテキストさえ読めればよかったのである。彼が私に親しい感情を示しているのは、私には警戒意識を抱かずに済むからではないだろうか。もっとも、皮肉にいえば、他のライバルからは総スカンを食いかねない生ぐさい自慢話を、ハア、ハアと感心しながら聞くお人よしと見られているだけなのかもしれない。

大沢の発表欲はとどまるところを知らず、さらにその翌年には『発禁詩集の研究』が上梓された。版元はあまり聞いたことのない出版社だったが、大沢から献本された機会に一読してみると、戦前弾圧の結果世に埋もれた詩集を精力的に発掘し、史的な評価を試みようという内容で、とくにプロレタリア作家については当の著者すら所持していない発禁本を実際に収集し、生存者である場合には本人に会った上で評価を行っている点、資料価値の高いものといってよかった。例の児玉花外『社会主義詩集』にもふれているが、それによると稿本を十年越しの探求の結果、大阪府警関係者の筐底（きょうてい）から発見したとあり、別の写本とのテキスト校合も行っている。さては、白木屋の展覧会で口にしたのはこのことだったのか。それにしても、警察の関係者にまで迫っていく執念には、驚き入るばかりだった。

もう一つ、この本の奥付には大沢の略歴が記されていたが、それによると本名を隆（たかし）といい、旧制の高等師範学校を卒業後、三十代の半ばで国文学の本格的な研究書を処女出版したとある。私はかねがね大沢が最初文科系の教師か研究者を志（こころざ）し、なにかの都合でサラリーマンになったのではないかと思っていた。あるときは「大沢さん、いい本たくさん書いてるんだから、大学講師の口ぐらいあるでしょう?」とカマをかけてみたこともあるほどだ。これに対する彼の返事は、「給料の安い講師なんかしていたら、本は買えませんよ」という、ニベもないものだったので、私もそれ以上は追及する気をなくしていたのである。

いずれにせよ、例の詩集借りっぱなし事件も、このような研究から付随的に生じたものであろうか。フランスに泥棒詩人という例はあるが、泥棒学者という例はあるのだろうか。単に借りた本を返さない程度の話なら、探せばいくらでもあるのではないか。私には、これほどの研究者的資質を備えた者が、同時に万引や詐欺の常習犯とは、どうしても信じることができなかった。

ところが、ここに私の甘い考えを反省させるような材料が、新たに飛び込んできたのである。じつは前述の『近代日本詩書集成』には、共編者として笹岡輝男という詩書コレクターの名が連ねられており、私はこの人が大沢の収集の不足分を補っているものと想像していた。その笹岡の手になる『「近代日本詩書集成」顚末記』というガリ版のパンフレットが、ある日郵送されてきたのである。

そこには笹岡が大沢真男の不実な行為にいかに悩まされ、苦汁を嘗めさせられたかということが綿々と綴られていた。笹岡は五年ほど前からこのような資料本の出版を計画していたが、地味な分野とて引き受け手がないのをかこっていたところ、たまたま神保町の八城書店で声をかけられたことがきっかけで大沢とつきあうようになり、懸案の本を共編という形で実現できることになった。

しかし、編纂作業の過程で信じられないようなことが次々に起こってきた。言を左右にして版元に引き合わせようとしないのをはじめ、出来上がった本の奥付には編集代表として大沢の名しか掲げられず、笹岡は完全に無視されてしまった。しかも編者に一冊ずつ貰えるはずの特製本が出たことも知らされず、笹岡のために用意された二番本（一番本は大沢用）を無断で古書店に売却されてしまった。笹岡はこの特製本が出たことを、古書店の目録で初めて知った。あまつさえ、詩人や評論家から借りた本を返さないという悪評判が立ったことから、ついに高名な詩人が内容見本に寄稿した推薦文を取り消すという騒ぎにまで至っているという。

笹岡はこの告発文を「本を愛する人に悪人はいないというが、そうではないらしいということを思い知らされた」と結んでいる。当事者の一方だけの言い分を鵜呑みにすることは危険だが、ここには相当なリアリティーが感じられるような気がした。欲しい本のためなら手段を選ばない。殺意云々は冗談にしても、思い切った手を用いる。将来の人間関係などはまったく顧慮しない。如上の大沢の著書にしても、私は本人から献本を受けているのだが、それがなかなかスンナリとはいかない。「今度本を出したから、送りますよ」と再三約束しながら一向にナシのつぶて。忘れたころになって「遅れて申しわけない。贈呈済みと思っていたが、すっかり忘れていました」などという釈明の手紙とともに送りつけてくる。嘘は見えなのである。

このようなことを一度ならず経験すると、笹岡の告発が現実味を帯びてくるのは如何ともしがたい。これ以上つきあいを深めるのは危険ではないか。私は頭のなかに赤信号が点るのを感じていた。

4

明治ブームを契機に激増した古書人口は、戦後の初版本収集に流れこみ、人気作家のものは一年で三倍以上になることもめずらしいことではなくなった。神保町の古本屋の間では、初版本を売りたいという客の家へ仕入れに行ってみたところ、つい先日出たばかりの本が新刊書店の包装紙にくるまったまま二十冊も積んであったなどという珍談が口から口へと伝えられていた。

大沢との出会いから、早くも十年以上が過ぎた。私は執筆活動が忙しくなり、朝の古書展に赴(おもむ)く回数も減ってきたので、いきおい夜討ち朝駆け専門の大沢とは顔を合わせることも間遠となり、そのうちに彼のことを思いだすことさえ少なくなっていった。

地下鉄都営新宿線の神保町駅が開通した昭和五十五年の春のこと、私は芹沢書房から一個の小包を受け取った。開封してみると豪華な装幀にしつらえられた大沢真男の新著であった。『忘れじの珠玉』と題されたその本は、どうやら古書収集にまつわるエッセイ風の小説らしかったが、例によって例のごとき大沢自筆のメモがはさんであった。

「微恙(びよう)のためご無沙汰をおわびします。拙著、おくれて申しわけありません。実は贈呈済みと思っていたのですが、手ちがいを申しわけなく思っています。この本であなたのお世話になっていますが、内容は根も葉もある創作とご了解ください。私としてはあなたの扱わない分野を狙ったつもりですが。千部刷ってほとんど売れました。ほとんどあなたの読者とダブっていたようで、私のところに来た反響にも、あなたの本とともに愛蔵するというのが三十通ぐらいありました。この手の話は今後とも書き続けていきます。又……」

早速読んでみると、現存一部というような超弩級の稀覯本を大沢自身と覚しき主人公が異常な執念のもとに探求する過程を記したもので、原作者の遺族や関係者を尋ね歩いたり、戸籍謄本から行方を探したりというプロセスは事実そのままを記しているようだった。

たとえば、前述の『社会主義詩集』の原本探索にあたって、大沢は明治三十六年にこの本を発禁押収した大阪府警の在職者すべてを洗い出し、その遺族を含めて百八十人余の人々に直接面会して、本を所持しているかどうかを尋ねてまわった。だれからも「古い話で忘れました」「父からは何も聞いていません」などとあしらわれながら、悲願十六年、ついに大阪府警の中途退職者の中から所持しているに相違ない人物をつきとめるが、見せてもらえる寸前に当人が病死し、本は焼却されてしまったという。ちなみに原本を見ることはできなかったかわりに、児玉花外の自筆稿本は入手したことが、前述の『発禁詩集の研究』からは窺われる。

おそらく、中途退職者にたどりつくあたりからはフィクションなのだろうが、現実には存在しない本を、ついに探しあてたかのように記している部分には、果たそうとして果たし得ない願望がめらめらと業火のごとく燃え上がっているのが感じられ、息苦しいばかりであった。

それはそれとして、この本の中に一つ、私を困惑させる箇所があった。例の白木屋の即売展において「古書評論家」の「木田（きだ）」が大沢らしい主人公から、「どうです、山猿のやつ、『ワットオの薄暮』にだいぶ張り込んだ値をつけてますね」と話しかけられ、「木田」もまた「山猿のペテンだそうですね。業界のイメージダウンだ」などと応じたことになっているのである。

古書についての雑文を発表しており、かつ彼と会話をかわすような人物はそんなに多くはないはずだから「木田」といえば多くの人は私を連想するだろう。それよりも『ワットオの薄暮』の出品店が、じつは史伝書房だったことが問題だった。私はその店主を「山猿」呼ばわりした覚えはない。第一、そんな綽名（あだな）があることすら知らなかったのである。

史伝書房は下町の古書業界では実力者で、信望のある人であった。私は学生時代から出入りし、ときに本代に事欠くような場合でも「出世払いでいいよ」などといわれたこともある。彼にしてみれば、私から感謝されこそすれ、蔭にまわって悪口をいわれる筋合いはないということになろう。当方の人間性さえ疑われかねない。

私はふと、メモの中の「この本であなたのお世話になっていますが」云々ということばに思いあたった。収集分野が異なるので、お世話をした覚えはないと思ったが、このことだったのか。勝手にもほどがある。私は勃然と怒りがわき上がってくるのを覚え、長いつきあいのうちで最初の電話をかけた。

「やあ、どうもどうも」彼はあっけらかんと謝罪した。「ちょっとした手違いでしてね。まずいと思って直そうとしたんですが、間に合わなくって」

「だいぶ手違いが多いようですね」私は皮肉をいった。

「いやあ、創作というものはむずかしいですね。どうしても本当のことと受け取られかねない。あの古書評論家もあなたのことじゃないし、事実そういって突っぱねることもできないではないが、あなたとの仲だし、ここは私の筆がまだ事実離れをしていないということで反省させていただきましょう」

「あなただけ勝手に反省しても、こちらは史伝書房との関係がありますからね」

「わかりました。近日あの店へ謝罪に行きましょう」

「ぜひ、お願いしますよ」

「菓子折りをさげて行きますよ。ええと古本といえば……」と、ここで彼はたくみに話題を変えてきた。「三代古書入札会には行きますか？　何だったら、そこでお目にかかれれば、と思うんですけど」

私は再び腹が立ってきたが、いまや史伝書房に対する謝罪を実行してもらわなければ困る立場にあるので、我慢が肝心と思いなおした。

「そうですねえ。まあ、入札の依頼はしないけど、見るだけでも勉強になると思うので、なるべく行くようにしたいですね」

「私も二、三欲しい本があるのでね。何時ごろ行かれますか?」

「さあ、……十一時ごろかなあ。しかし、当日は会っても話をする時間はないかもしれませんよ。会場で新聞社の撮影に立ち会うことになっているのでね」

私はこのさい、彼と顔を合わすのが億劫だったので予防線を張ろうとしたが、こと本に関しては、きわめて好奇心の強い相手であることを忘れていた。

「へえ、撮影って何です? 記事になるんですか?」

「いや、たいしたことはありません。古書ブームで、特定の作家の本が高価になっているところを絵にしたいというのでね。私が三品由来雄の初版本が五十万円になっていると話をしたところ、それを客が手にとった瞬間を撮影したいなどというんですよ。うまく問屋が卸すかどうか知りませんけどね」

「そりゃ面白いな。間に合ったら見物させてもらいましょうか。十一時ごろでしたね?」

「史伝書房の件、早目にお願いしますよ」

三代古書入札会は隔年に一度、駿河台下の東京古書会館で開催されるもので、公開入札という方式をとっていた。二日間の会期の前半を展観下見および入札の日とし、後半を開札日とする。入札と開札は業者にしか許されないが、全品目を並べる展観日には愛書家の立入りも許され、欲しいものがあれば業者に入札を依頼することができるという仕組みになっている。

しかし、私は別の意味でこのような公開入札に魅力を感じていた。とかく高価な本といえばショーケースに納まってしまうのが常であるが、こうした催しに限って珍本を堂々と手にとって見ることができるという理由からだ。駆け出しのころ、そのようなことを「貧書生の眼福（がんぷく）」というエッセイに書いたこともある。

――その日は十月の中旬にしては気温が高く、神保町駅から駿河台下までのわずか四、五百メートルを歩くあいだにも、じっとり汗ばんでくるほどだった。十一時前であったが、すれ違う人波の中には上着を小脇にかかえている姿もかなり見うけられた。

会場の入口には紅白の幕が張られ、正装をした業者の顔が見えた。係として忙しそうに立ち働いていた竹内（たけうち）書店という若手の本屋から挨拶された。ふだんカーディガン姿で店番をしている西さんの娘も、今日はドレスアップして受付に座っている。花屋の小型トラックが到着して、青い服の運転手が菊の花籠（はなかご）をおろそうとしている。そのような彩（いろど）りのある光景の中で、紺色の制服で身を固めた会場のガードマンだけが違和感をもたらしている。私は受付に所持品のボストンバッグを預けながら、新聞社のカメラマンを探したが、まだ到着していないようだった。

「やあ、先日はどうも」

身にぴったりの縦縞のYシャツを着こなした大沢が、白い歯を見せながら近づいてきた。

「おや、早いですね」私は彼の顔色が、先年よりすぐれないのを見てとった。「メモに病気とありましたが、もういいんですか?」

「いちおうはね。おっと、鉛筆は要らないんですか?」

入札やメモのためにペンを使うことは禁じられ、そのかわりに受付で鉛筆と、業界独得の山帖という茶紙のメモ用紙を貸してくれるのである。

「注文する気はないんですよ。眼福を得るのが目的だから」

「うまいことといって、油断ならないなあ」

大沢はお愛想をいうと、花屋がうろうろしている入口のほうへと行ってしまった。私はこれさいわいと二階の展示場へ入りこむと、混雑している人波をかきわけながら、端から順に出品物を見ていった。どの本にも傍らに底値を記した茶封筒が添えてあり、その中に落札希望値を記した札を入れるようになっているので、人気集中品は封筒の膨らみ具合でもわかる。三品由来雄の『桂離宮』初版は底値が五十万円となっていたが、封筒にはすでに数人の札が入っているようだった。

「東京新報のカメラマンで、高柳といいますが、この本ですね?」

不精ひげを生やした男が傍らに立った。大きなフラッシュ付きのスピグラをかかえている。

「そうです。しかし、もう何人も入札済みのようですからね。これから適当な絵柄になりそうだったら、撮影したらいかがでしょう」

「もし、いい場面がなかったら、すみませんが、ちょっと手に取ってるところを撮らせてもらえますか？」

「いや、それは困るなあ。私は初版ブームとは無縁なんだから。もっと適当な人がいると思いますよ」

　私は辛うじて相手を振り切ると、そこからできるだけ離れたコーナーへ歩を移した。右手の奥まったところは壁に書幅が掛かり、その前の平台には近代文学の初版本がズラリと並んでいた。なかでも興味を惹かれたのはスラムの詩人といわれた田島増吉の『晩鐘と暁鐘』で、昭和四年に出た仮綴じの袖珍本だが、労働の苛酷を訴えた内容に「革命」や「決起」などの文字が多いため刊行直前に発禁となり、製本所にあった赤い羅紗紙の表紙しか残っていないとされていたものである。大沢の『発禁詩集の研究』にもこの本のことは特筆大書されているが、彼自身も見たことのない稀覯本ということになっている。それが今回完本で出品されたのはまさにおどろきというほかはなく、三十五万円という底値も肯けないものではなかった。

　私は平台の脇に会場装飾用に置かれた菊の花籠から、わずかに水滴が垂れているのに気づいて、『晩鐘と暁鐘』を元の場所から少々ずらせた箇所に移した。もっとも少し大きめのビニール袋にしっかり収められていたので、そのような配慮は不要だったかもしれない。周囲の本の中でそれだけがビニール袋に入っているところを見ると、出品店がかなり意識していることが感じられた。どこの店かと思い、封筒を見ると、意外にも史伝書房とあるではないか。

正午近い会場は、人いきれで冷房もきかなくなっている。眼鏡を上げたり下げたりしながら、じっと表紙に見入る老読書人、せわしなくページを繰る教員らしき人、何やらメモをとっているセドリ屋（古本売買の仲介人）ふう、目録片手に小走りに動きまわる業者たち。その中でじっと動かないのは、要所要所に立っている数人のガードマンで、紺色の制服が威圧的だった。

大沢は入口付近からこちらへ向かっているようなので、私はそれを避けるように左手へと移動していった。噂の真偽はともかく、古書店が大沢に対して厳重な警戒態勢をしいているのはたしかだ。李下に冠のたとえ通り、わざわざこの場で彼と親密な様子を見せる必要もあるまい。それよりも、私はまだ史伝書房の件に釈然としていなかったのである。

岩崎常正の『本草図譜』九十二冊が五十万、林子平の『海国兵談』が三十五万円など、いずれも十年以上まえの白木屋即売展のころと比較して四、五倍という強気の値段に、古書ブームの実態を窺うことができるような気がした。しかも、このような入札市では、平常の五割増しの落札値になることもめずらしくないのである。

うとした。

私はふと空腹を覚えた。時計を見ると十二時半をまわっていたので、出口のほうへ向かお
　そのときである。離れたところでフラッシュが閃いたかと思うと、つぎの瞬間、年輩の男の怒声が飛んだ。周りの者が興奮して、口々に何か喚いている。「勝手に写真なんかとるな」「どこのカメラマンだ」「ほかのお客さんが迷惑ですから、出てください」……などといった声にまじって「いや、主催者から許可をとってます」というカメラマンの弁明が聞こえた。
　私は内心舌打ちしながらそのほうへ向かおうとしたが、人混みに妨げられてしまい、ようやく入口にたどりついたとき、カメラマンは姿を消してしまっていた。
　すでに見たい本は全部見せてもらった。会場から一歩出ると、午過ぎの陽ざしが強いわりには、あるかなしかの微風が爽やかである。私は預けたボストンバッグを受け取ると会場をあとにした。

5

　じつは、その日最大の事件は、カメラマン追放劇から五分後に起こっていたのである。私がそのことを知ったときは、迂闊にもすでに一週間が過ぎていた。

「いやもう、おどろいたの、なんの。西さんが受付のところへ蒼い顔でやってくると、またやられたっていうんだから。どうしたのって聞いたら、『晩鐘を盗られた』っていうんだからね」

漢学者の全集の欠本を探しに鈴蘭堂という行きつけの本屋に立ち寄ったさい、ちょうど店番の主人が、なにかの通知を配布しにきた竹内書店と話しこんでいる最中だった。私は聞き捨てならず、その話に加わった。

「あの話はどうなったの？」

「もう知ってましたか」鈴蘭堂は苦笑しながら答えた。「さすがですね」

「あちこちから噂が聞こえてくるからね」私は曖昧にいった。「結局、出てこないの？」

「そのようですね」

「くやしいけど、出てこない」

竹内が吐き捨てるようにいった。なかなかのスポーツマンということで、テニス焼けした顔色に、長身の屈強な身体つきをしている。

「あれから会場を出るまで監視してたんだけど、やつは紙袋一つ持ってないんだからね」

彼の説明によると、史伝書房の西さんが「たいへんだ、うちの本が一冊なくなってる」といいだしたのは十二時三十五分ごろ。時を移さず、会場運営にあたる若手のほとんどが受付のあたりに招集された。一同の頭に例外なくひらめいたのは大沢の顔である。

西さんの記憶では、それより三十分ほどまえに自店のコーナーを回ったときには、まだ本はあったという。会場にいた同業者たちの証言によれば、そのときから大沢は外部へ出ていない。もし彼がやったとすれば、必ず身に帯びているはずだ。

運営係の六人は、二人を受付に残して会場に入り、大沢を監視しはじめた。しかし、相手は知ってか知らずか、悠然と本を見たり、コレクター仲間らしき人物と立ち話をしたりしている。オーダーメイドらしきYシャツはスラックスとともにぴったりと身についていて、そこに本を隠しこむ余地などありそうになかった。いくら『晩鐘と暁鐘』が袖珍本とはいえ、菊半截判（A6判相当）で厚さが二センチ五ミリはあるのだ。

そうなると、考えられるのは、どこかの棚か、他の本の下に隠されている可能性だ。四人は手分けをして四方から同時に探索にかかった。

約二十分後、彼らは絶望的な表情とともに、受付に戻ってきた。すべての本を引っくりかえし、錦絵や地図を重ねるようにして収めたケースや、大きな拵帙などについてはとくに注意してあらためたが、ついに発見されなかったのである。いうまでもなくガードマンにも確認してみたのだが、大沢が怪しい振舞いをした形跡はなかったという。

しかし、現実に本は紛失しているのである。この上は、預かっている袋物の中に隠しこんでいるとしか考えられない。たとえば紙袋か風呂敷をあらかじめポケットに用意して会場に入り、隙を見て本を包み、いま来たばかりという顔で受付に預けるという手もあるが、終始マークされている人間に、そんな芸当が可能だろうか。

一同は受付の横にある棚に目をやった。そこには百個以上の鞄や紙袋が並んでいるが、いずれが大沢のものであるかは、彼が出てきて預り証を出すまではわからないのである。

「お客全部に事情を話して、所持品を調べさせてもらおうか」と一人がいった。

「いや、それはまずい」西さんが思いつめた表情でいった。「安くない本だが、重要文化財級の本ではないし……。もともとこのようなことを防ぐために袋物を預かっているわけだし、ガードマンだって雇ってるんだからね。それに、帰ってしまった客もたくさんいるし。これ以上客に迷惑をかけたら、伝統ある東都古典会の名にかかわる。なあに、俺一人が泣けばいいことさ。それに、本が絶対に出てこないときまったわけでもないし……」

一同は声もなかった。招待したのはほとんどが懇意の客か、学校関係者ばかりである。新聞社や出版社もまじっているだろう。

「来たぞ！　来た、来た！」

突然、係の一人が叫んだ。大沢が悠然と出てくる。あわてた一同は、取ってつけたように山帖を忙しげにめくったり、預かり札を数えたりしはじめたが、その間にも息を詰めて大沢の様子をうかがっている。

大沢は、出口のところで立ちどまると、ちょっと眩しそうに顔をしかめたが、つぎの瞬間、係員たちの間をすり抜けようとした。

「あっ、お客さん、番号札は？」西さんの娘がかん高い声を張りあげた。

「番号札？」大沢は怪訝そうに振り向いた。「私、今日は手ぶらですよ」

呆気に取られている一同を尻目に、大沢は幾分硬い表情ながら、悠々と歩み去った……。

「で、本当に何も預けてなかったの？」

私は竹内書店に愚問を発した。

「なかったんですよ、それが。お客が全部帰るまで待っていたんですけどね。大沢の鞄はなかった。閉会後も念入りに会場内を調べたんだけど、本は出てこなかったというわけです。もう、口惜しくってね」

「しかし、それは犯人がほかにいるということじゃないの？」

「理論上はね。しかし、なくなったのがプロレタリア詩集だし、何よりもあいつが会場にいたんですからね。これまでにも、再三やられてるんですから。いわば状況証拠ですよ」

「これまでの手口というと？」

「たとえば展覧会で立て混んでるようなときに、ショーケースに入っている本を見せてくれというんですよ。店番がほかのお客に気を取られていると、いつの間にかレジのほうに行って並んでる。あ、買うつもりなんだな、と思ってると、安い本の分だけ金を払って、お目当ての本はコートの中などにたくしこんでいるという寸法なんです。気がついたときはドロンですよ」

「それは実際に見たわけ？」

「いや……想像ですけどね。よくある手で、ほかには考えられないです」

「共犯者はいないの？」

「ああいうのは、徹底的に自己中心的で孤独なタイプじゃないんですか？　第一共犯者がいるとすれば、口止めをしなければなりませんからね」

「いったい、コレクションのための金はどこから出てるんだろう？」私はかねてからの疑問を口に出した。「家族はいるんだろうか？　服だって、かなりいいものを着てるじゃない？」

「そういわれれば、知らないことばかりだなあ」鈴蘭堂の主人が腕組みをした。「いつか京橋に行ったとき、偶然裏通りのフラワーショップとブティックに挟まれた小さなビルの窓に、クレセント・アドという広告会社の名前を見つけましてね。ああ、ここに勤めているんだなと思ったことがあります。だれから聞いた話か忘れたけど、住まいは世田谷のマンションということですがね。特別に資産家というほどじゃないでしょうね」

「二十年間に一万冊集めたという話を聞いたことがあるけど、給料のほとんどをつぎこまなけりゃ不可能だよ。だいたい、金があれば万引などしないからね」

竹内は苦々しげに呟いた。

「しかし、彼だとすれば、どういう方法でやったんだろう？」

私は無意識に午後の店内を見まわした。レジから向かって正面奥のほうではジャンパーを着た男がカメラ雑誌のバックナンバーを漁っている。右手の奥では全集ものを、一冊一冊ケースから取り出しては内容を調べている女子学生がいる。

カメラ……。私は記憶が甦るのを覚えた。

「あのとき、写真をとられて文句をいった人がいたね?」

「ああ、あのお客は篠田さんというんですよ」竹内がいった。「うちにも年に一度ぐらいは見えますよ」

「大沢とは?」

「まず無関係でしょうね。所沢に住んでいる退職したお役人で、郷土史の研究が中心のようだから」

「接点はなさそうだね」私は、たちまち意気沮喪した。

「写真といえば、忘れるところだった」竹内が、小脇にかかえていたフォルダーから十数枚の写真を取り出した。「明日にでも組合に渡そうと思ってね」

見ると入札会の招待客を撮影したものだった。ほとんどは私の知らない顔ばかりで、そのうちの一枚には大沢の姿も写っていたが、平凡な場面なので、とくに手がかりになるとも思えなかった。会場の全景を写したものも含まれていたが、アングルがよくない上に人物も小さすぎるという始末で、これも参考にはならなかった。

何かが頭の中で渦巻いているようだったが、それが明確な形にならない。私は深い疲労感をおぼえながら店を出た。

6

日中の暖かさにひきかえ、その夜は急に冷え込み、強い風さえ出てきた。窓外の虫の音も途絶えがちで、時折庭の白樫のざわめきが聞こえる。私は〆切の迫ったエッセイの書き出しがなかなか決まらず、焦りながら歳時記の秋の巻などを繰っていたが、ふと「菊」の項の波郷の句に目がとまった。

菊を売るその小車と行き並ぶ

一つの記憶がはっきりした形をなした。私は電話にとびついた。

「竹内さん？　こんなに遅く、すみません」

「いったい、どうしたんですか」テレビでも見ていたらしく、やや不機嫌な声である。

「悪いけど、いまあの写真を出してもらえませんか？　会場の全景を写した写真に、花が写ってるでしょう？」

「ちょっと、待ってくださいよ」しばらくして、相変わらず気のない応答があった。「ええと、一枚にはたしかに写ってますねえ」

「すると、会場の全景はもう一枚あったでしょう。そっちの方には、花は写っていますか?」

「……こちらには写ってませんね。どういうことです?」

「その花の置いてある場所は、西さんの本があった場所でしょう?」

「ええと……。あっ、そういうことのようですね」

相手の声が大きくなった。

「ところで――」私は逸る気持を抑えるようにして尋ねた。「その花のない写真と、花のある写真と、時間的にどちらが先になる?」

「そんなことわかりませんよ。番号がついてないから」

「フィルムがあるでしょう?」

「あっ、そうか。これはチョンボだったな」

再び間があった。三十秒ぐらいでしかなかったろうが、私にはそれが一時間にも思えた。

返事は予期した通りのものだった。

「ええと、花のあるほうが先で、ないほうがあとですね」

「すると、だれかが花を持ち去ったことになるね?」

「まあ、そういうことになりますね。しかし……」

「第一、その花はだれが注文したの？」

「だれって、会場の……、あっ、そうか。会場設営の係はおれたちだったんだな。すると、だれが注文したんだろう？」

「だれも注文しなかったんだ。あれは大沢が花屋に命じて、会場に届けさせたにちがいない。花なら会場の飾り用だと思って、だれも怪しまない。係が気づいたとしても、客からのお祝いだと思うに決まってるからね」

「花をどうしたっていうんですか？」

「まだわからない？　本を花籠の底に隠して、あとから花屋に連絡して運び出させたのさ。花の指定を間違えたので、変更したいとかいってね。その口実とするために、あらかじめお祝いには向かない菊を選んでおいたのかもね」

「うーん……、ずいぶん突飛な考えですね。第一花屋があの場所に正確に籠を置くというのは難しいですね。届け先にしても、西さんに宛てたとしたら怪しまれるし」

「そんなことをするものですか。花屋に配達時間を指定して、大沢自身が会場の入口で店員を待ち受け、『あのコーナーへ持っていけ』と指示すればいいんですよ。そのまえにあらかじめ花籠を置くスペースを作っておくことぐらい、朝飯前でしょう？」

「なるほど、それならいいでしょうね。花屋に指示している姿を見られたらおしまいですけど」

「じつはあの日、ぼくが会場に着いたとき、入口近くに花屋が来ていてね。大沢がそのほうへ行きかけたところまでは見てるんですよ。本を見にきている人が、なぜ花屋などに用があったのか」

「しかし、そう簡単に籠に本を隠せるもんでしょうか。皆が彼のことを注目してたんですよ」

「あの写真事件を覚えているでしょう? だれもが怒鳴り合いのほうを注目していた。ガードマンなどは職業がら、かえってそちらのほうに注意が逸れたと思います。手品は二、三秒もあれば十分だ」

「すると、カメラマンはグルでしょうか?」

「そんなことはないでしょうがね。いま思いだしたんだけど、大沢は会場にカメラマンが来る時間をしつこく聞いていたから、多分、フラッシュを焚くさいに一同の注意がそがれることを計算していたのではないかな。あんな喧嘩まで起こるとは予想できないにしてもね」

「もう一つ、われわれ本屋として気になるのは、本が花籠についた水で濡れてしまう可能性があることですが?」

「ぼくが見た『晩鐘と暁鐘』は、しっかりビニール袋に入っていた。考えてみると、一冊だけビニール袋に入っていたのは不自然ですね。これは大沢があらかじめポケットに用意したものにちがいない。こうして袋に入れておけば、水で濡れる心配もないから」

「もし本当だとしたら、企んだものですねえ。われわれから見ると、きわめて悪質というしかないが……、でも、やはり証拠が欲しいですね」

「このさい、徹底的に調べられるところまでは調べてみたら？　たとえば、そうだ、今日話に出たフラワーショップなんか、彼が利用した可能性はないだろうか？」

「なるほど。とりあえず、そのへんが手がかりでしょうね」

私は一週間後に会うことを約して電話を切った。個人的に大沢にうらみはないとはいえ、このところ、史伝書房の一件のように迷惑が及んでいることも否定できない。今回の紛失事件についても、万一私の考えるようなトリックを用いてたとしたら、はっきりと絶縁するに如くはない。このさい徹底的に調べたら、というのは本音であった。

ところが、私はその夜の冷気のせいで風邪をひき、すっかりこじらせてしまった。呼吸器の弱いのは親譲りで、子どものころから肺炎などを多発してきたのだが、いまでも季節の変わり目は何かと医者の厄介になりがちである。再び外出できるようになったときには、だいぶ時日が経過していた。

十二月の初旬、午後二時ごろだった。雨が来るらしく、靖国通りの上空は黒い雲に覆われていた。私はオーカー色のジャンパーに底のチビたウォーキングシューズをはき、黒のボストンバッグをさげていた。病み上がりの顔色は冴えているとはいい難かったが、どこから見ても師走というのに仕事をそっちのけにして本を漁るマニアか、少なくともセドリ屋ぐらいには見えたことだろう。なにしろ、一か月半ぶりの神保町なのだ。

竹内書店と金文字で書かれたドアの前で、私はちょっとためらった。あの晩の推測が当たっていたかどうか、いまになって自信がなくなってきたのである。それに竹内からの連絡がないのも気になったが、微妙な件なので電話しにくいということなのかもしれなかった。

若い店主は地方からの注文の小包を作っている最中だったが、私の顔を見ると、

「おや、だいぶご無沙汰で……」

と、ことばを濁した。その口調で、私は例の件について彼がもはや興味を失っていることを直感した。なぜだろうか?

「その後、どう……」

私はすすめられて古ぼけたスツールに腰をかけると、単刀直入に切り出してみた。推測が当たっているにせよ、いないにせよ、これ以上中ぶらりんでいることには耐えられない。しかし、相手の答えは意外であった。

「あれからフラワーショップにも行ってみたんですがね。どうも伝票の控えが見あたらなくて、はっきりしないんですよ。考えてみれば、狡賢い人間ならわざわざ足がつきやすい地元の花屋を選ぶわけもないじゃありませんか。そう思ってるうちに死んでしまったということです」

「えっ、死んだ？　花屋が死んだの？」

「おや、ご存じなかったんですか？」竹内は呆気にとられたという表情でいった。「大沢が死んだんですよ。お知らせすべきだったのかなあ。しかし、神田のことならわれわれよりもよく知っておいでだから……」

私のショックは、滅多に経験したことのないものだった。

「ほんとに死んだの？　いつ？」

「正確に何日ということは知りませんがね。死んだということがわかったのは、木曜日の資料市があった日だから、先月の十二日でしたか。パッと噂が広がったので、私が彼の会社に電話を入れて確認したんです」

「すると、あの入札会から二十四、五日しか経ってないね。死因は？　怪しいところはなかったの？」

「別に怪しいというような話はありませんね。会社では急性の心臓病じゃないかといってました。ここ何年も病院を出たり入ったりしていたようですがね」

「そういえば、入札会のときも顔色が悪かったからね」

私はしばらくことばを喪っていた。数年前、私と同じ呼吸器に弱点を持つ親友が薬物の誤用により突然死するということがあったが、まさか大沢に健康上の致命的な障害があろうとは……。私はメモの「微恙」という表現を軽く見ていたのだ。数年らい顔を見かけなかったのは、必ずしも私が忙しくなったせいばかりではなかったようだ。

「じつは、もう一つあるんですよ」客に本を包んでいた竹内は、気が進まない口調でいった。

「西さんも、このところ具合が悪いんですよ。脳溢血で倒れたんです」

「おや、それも知らなかった。あの人は飲ん兵衛のようだったからね。じつは、もう知ってるだろうが、大沢の本の中で誤解を招くようなことを書かれて以来、なんとなく敷居が高くなってしまってね。——しかし、そんなに悪いということになると……」

「現在は意識が戻らず、見舞客も断っている状態なんですよ。じつは、ここからが本題なんですけど、私の家内の妹が西さんの連れ合いと遠い縁続きでしてね。こういう事態になると家内がいろいろ相談を受ける機会もふえているということもあり、最近私がちょっと家の中の様子を見に行ったら……、何があったと思います？」

彼は思わせぶりに声をひそめた。

「何が？　遺言書のようなもの？」

「いや、そんなもの書く暇がないじゃありませんか。本ですよ。例の『晩鐘』ですよ」

「えっ、それはどういうこと？」

「さあ、わかりません。なにしろ本人が倒れちゃってるんですからね。しかし、大沢から取り戻したのはたしかですね」

「同じ本かな？」

「西さん自身の蔵書の隅に、ビニール袋に入れたまま無造作に突っこんでありましたよ。整理する間もなかったんでしょうけど、函の背の焼け具合から見て、あの入札会に出品されたものと同じなのはたしかですね。私も札を入れたほどだから、よく見たつもりですよ。――しかし、西さんも意外にたくさん詩集を集めていたんですねえ。私はざっと見せてもらっただけですが、ずいぶん珍しいものがありましたよ」

「そうか……。西さんがね。その本は、いつかは市場に出るんだろうね」

「あそこは番頭さんもいない小さな店だし、娘さんは養子をとる気持もないようだから、いずれは廃業で、品物はそっくり出てしまうだろうね」

「淋しいが、これにて一件落着というわけか」私は濡れた雨傘を持った客が一人入ってきたのを機会に立ち上がった。「西さんのところへは、そのうち行ってみることにするよ」

舗装中の表通りへ出ると、冷たい雨が頬を濡らした。私は火照（ほて）った頭をひやしたかったので、傘の用意がないのをむしろさいわいとして、そのまま歩き出した。

大沢が本を返したということは、わずかながらも救いであった。結局のところ、彼の行動は、マニアが多少逸脱したということでしかなかったのだろうか。彼自身は、この種のことを一種のゲームと見ていたのかもしれない。

しかし、収集を「殺意である」とまでいいきった彼が、ひとたび獲得した獲物を自ら進んで返したということは考えにくい。いったい西さんは、どのような策を用いて返却を迫ったのだろうか。

西さん……。

私は思わず立ち止まってしまった。

そうだ、あの会場で、だれにも怪しまれずに本を移動させることのできた者がもう一人いた。およそ古書展で本を持ち出して怪しまれない唯一の存在は、古本屋自身ではないか。西さんは、だれも知らないうちに詩のコレクションを行っていて、竹内も感服する域に達していたようだ。この場合、西さんに知識を伝授したのは大沢ではなかったか。知識だけではない、大沢の提供する本をも買い受けることによって、一定の利益を得ていたのではないだろうか。大沢にしてもこの種の収集にあたって売り買い双方の便利なルートが必要なことをよく認識していたに相違ない。彼がどこから本を買う資金を得たのかという疑問も、これによって氷解することになる。

それでは、西さんが私に向かって「用心したほうがいい」と警告したのはなぜだろうか？　西さんは自分が大沢と関係があることを知られたくなかったからだ。大沢は何かの折に、西さんの秘密をポロッと喋ってしまうおそれがある。西さんにとって大沢はやむを得ない商売相手だったが、いろいろ好ましくない噂があるため、つきあいを秘密にしたいと考えたのを責めることはできまい。

それでは、なぜ西さんは出品物の紛失を装わなければならなかったのか？　値段が安すぎるのに気づいたというのなら、自分で落札してしまえばよい。あれほどの本なら、すぐ売れるだろう。

とするなら、一つだけ考えられるのは大沢との関わり方の中にこそ、答えが隠されているということだ。もしかしたら、西さんは『晩鐘と暁鐘』を仕入れたとき、何らかの理由で大沢に譲りたくないと思ったのではあるまいか。あの詩集が大沢にとってまさに垂涎(すいぜん)の的であることを、『発禁詩集の研究』を読んだ西さんが知らないわけがない。それを展観入札会の目録に載せてしまったということは、大沢に連絡しなかったか、あるいは大沢との値段をめぐる交渉で折合いがつかなかったためとしか考えられない。

たとえ本屋でも、気にいらない客には売りたくないのは当然だ。どこの本屋だったか、探求書を目録に載せたといって文句をいってくる客には腹が立ち、意地でも譲らないようにするといっていた。また注文にあたって、当然自分に回すべきだという態度をとる客に対しても、一寸の虫にも五分の魂ということをいいたくなるともいっていた。大沢が人を見下したような調子で注文してきたとき、西さんは絶対この男には譲るまいと思った。もしかしたら、若いときに苦労した様子の西さんは、『晩鐘と暁鐘』の内容そのものにすっかり惚れこんで、自分の蔵書にしたいと思ったのかもしれない。

しかし、すでに各方面に配布してしまった目録によって、注文も入っているので、いまさら引っ込めるわけにもいかない。入札が行われれば、大沢の希望値より遙かに高価となり、入手できなかった大沢から怨みを受けるかもしれないし、今後の取引にも支障をきたすおそれもある。

いや、それよりも何よりも、日頃殺意の収集を目ざす大沢が、生涯に一度お目にかかれるかどうかの珍本が人にさらわれるのを、指をくわえて見ているわけがない。そうなるといつもの非常手段に訴える可能性が強くなってくる。

「あいつは、絶対やるにちがいない」

西さんは確信した。それなら、その前に手段を講じなければならない。西さんの頭に、大沢の評判を逆手にとるアイディアが閃いたのは自然のなりゆきだった。大沢が来場したら、頃合を見はからって本を隠すだけでいいのである。あとは「おれだけが泣けばいい」というようなことをいって、あまり大沢を深追いさせないようにする。

『晩鐘と暁鐘』には私が見たときにはすでにビニールがかかっていたが、もし西さんが紛失する三十分前に本当にその本を見ているなら、妙なビニールに気づいて取り除くはずではないか。

花籠の件は、いくら何でも西さんらしくないので、大沢の仕業(しわざ)とみたほうが説明がつく。つまり、大沢は西さんの読みの通り非常手段の実行にかかり、花籠も用意したと考えるべきだろう。つまり、あの会場では二人のトリックが同時進行していたのであるが、双方に誤算が生じた。西さんとしては当日が予想外に暑い日で、大沢が軽装で来ることを計算に入れていなかったのである。上着でも着用して来れば、そのポケットに入れたという説明が可能だったのだが、Yシャツ姿だったため不可能興味を呼び起こす結果となってしまった。大沢とすれば、首尾よく花籠を運び込んだまではよかったが、さて実行にかかろうとしたところ、本はすでに消えていたというわけだ。

もっとも、これらはいまのところ、あくまでも想像にすぎない。大沢亡きあと、実証の機会はほとんど失われたといえよう。ましてや、西さんまで生死の境をさ迷っているとすれば――。

気がつくと私は駿河台下の交差点に立ち止まったきり、雨に濡れながら青信号にもうわの空でいた。周囲の人々が不審そうに私の顔を覗きこみながら追い抜いて行く。振り返れば史伝書房の店内はガランとして、相変わらずカーディガン姿で店番をしている西さんの娘も、心なしかしょんぼりしているように見える。それを眺めているうちに、私はいつの間にか、大沢にせよ『晩鐘と暁鐘』にせよ、もはやどうでもいい心境になっているのに気づいた。

「西さんよ、頑張ってくれ……」

私は額から流れる雫（しずく）を拭うと、いっこうに止みそうもない雨の中を、御茶（おちゃ）の水（みず）方面へと歩きつづけた。

第二話　『憂鬱な愛人』事件

一

「さあ、それでは皆さん、今晩のお楽しみ、古書の交換に入りたいと思います。どうぞ、真ん中のテーブルにお集まりください」

若い編集者の勢いのよい司会に応じて、六十人前後の参会者がいっせいに移動した。こぢんまりした出版記念会ではあるが、私にとっては顔なじみの多い、居心地のよい集いだった。

あらかじめ案内状には、「余興として、出席者の皆様にそれぞれ自慢の古書をご持参いただき、即席の交換会を催したいと存じます。恐縮ながら五百円程度の本を一点、もしくは二点、ご寄贈賜りたく存じます」とあったので、参会者一同はさきほどから、呼びかけ人たちが古書を卓上に並べているのを横目に見ていたのである。

「喜多さんには、いいものを出していただいて、ありがとうございました」

たまたま近くにいた今夜の主役、藤間慶太から声をかけられた。長身で四十歳過ぎ、眉毛の太い精悍な表情の男である。近年、新聞や雑誌のブックレビューや古書ガイドなどで売り出した評論家で、古書のコレクターとしても知られていたが、私は一年半ほど前、座談会で知り合って以来、たがいに著書を交換する間柄になっていた。

「いや、ロクなものじゃなくて、申しわけありません。しかし、それなりに集まるもんですね」

すでにテーブルの上には、百冊ぐらいの本が並べられている。見たところ、全集の端本や二十年以上も前の左翼本、幼女殺害事件を報じた週刊誌のコレクションなど、古本屋だったら均一台に投げ込んでしまうようなものが多いが、なかには水野葉舟(みずのようしゅう)の『森』や三浦利一(みうらとしかず)の『古代和歌の発生』といった、専門店なら一万円を下らないような本も目についた。今夜の出席者には藤間の恩師である大学教授や、出版社の経営者などもまじっているので、ご祝儀(しゅうぎ)の意味なのだろう。

「それでは、司会者である私が振り手の役割をつとめさせていただきます。一冊ずつ書名と出品者のお名前を読み上げますので、ほかの方は、それをいくらでお買い上げになるか、ご発声をお願いいたします。ただし、お遊びですから、ハナ声、つまり底値の発声は百円からはじまって、上限は千円まで。競(せ)り値は百円きざみで、希望者多数の場合は抽選にさせていただきます。なお、代金の受け渡しは当事者同士でお願いします」

テーブルを取り巻く参会者の間から、拍手が起こった。「安すぎる!」という声がかかる。

水割りのグラスを置いて、目を光らせはじめた者もある。

「以上がルールです。それでは、いきますよ。最初の一冊はこれ、松岡譲(まつおかゆずる)の『憂鬱な愛人』。

昭和三年の初版ですよ。出品者は筑波書房の丸山さんです。それでは、よろしいですか。

——ええ、百円、百円」

ハナ声が上がった。

「二百円！」

最前、乾杯の音頭をとった出版社の社長。

「三百円！」

すかさず、顔見知りの古書マニアが追随する。

私は『憂鬱な愛人』と聞いて、いきなり殴られたようなショックを覚え、首を伸ばして現物を見定めようとしたが、あいにく司会者と横並びの列にいたので、よく見えない。あわてて駆け寄った。

——『憂鬱な愛人』。滅多に出ない本である。作者の松岡譲は漱石の門人の一人で、久米正雄、菊池寛、芥川龍之介らとともに『新思潮』の同人だったが、漱石の長女筆子との結婚をめぐって恋敵の久米正雄から恨みを買い、悪人、不徳漢として中傷された。この恋愛事件は久米が『蛍草』や『破船』などの作品中で感情的に扱ったため、文壇は一斉に松岡に背を向け、松岡を放逐してしまった。今日からは信じがたいことであるが、松岡はそのために生活に窮するまでになったため、見かねた第一書房の創立者長谷川巳之吉が義侠心から手を差し伸べ、ようやく大正十二年に処女出版『法城を護る人々』が陽の目を見た。

この作品は作者の生家である新潟県長岡市の浄土真宗の末寺をモデルに、仏教界の因習を徹底的に暴き、自らの両親である住職夫妻の堕落ぶりを容赦なく攻撃したもので、一般にはすこぶる好評であったが、文壇をはじめ肝心の仏教界からは完全に無視されてしまった。このため松岡は一時は筆を断とうとしたほどである。

『憂鬱な愛人』はその第二作で、十年の雌伏の後、あらためて恋愛事件の真相を明らかにしたいという目的から筆をとったもので、当初婦人雑誌に連載されたが、文壇から「センセーショナリズムを売りものにする」と評され、自らも出版社の煽情的な広告に嫌気がさして一時中断したり、既発表の内容を大幅に書き直したりしたので、四六判で上下二巻、合わせて三千六百枚が完成するまでに数年を要した。相変わらず文壇からは黙殺され、思ったほど普及しなかった。

内容は作者を思わせる秋山という文学青年が、夏目漱石をモデルとする人見疎石にあこがれ、同人誌「新思想」の三木（久米）、住吉（菊池寛）、小早川（芥川龍之介）ら仲間とともに出入りするうちに、疎石の長女涼子（筆子）を恋するようになり、ライバルの三木との間に葛藤を生じるようになるというもので、疎石の妻璋子（鏡子）、門下生の宮下（小宮豊隆）、大森（森田草平）らについても、その行動がリアルに描かれている。漱石の臨終や、没後の遺族の動静などを窺うには参考になるが、作者の意図はあくまで当時の文学への理想や、真摯な人間関係の中から生じた出来事を冷静に描くことにあるので、暴露的な要素を期待すると裏切られる。その点で婦人雑誌の編集者の思惑と隔たるものになったことが推察される。

「七百円！」

「八百円！」

「九百円！」

たちまち、座は過熱してきた。私は司会者のすぐ脇に割り込み、振り手が高く掲げている本を見た。

「なんだ、やはり上巻だけじゃないか……」

思わず独り言が出た。じつはこの上巻だけなら私も所持しているのである。この本はどのような意図があってか、表紙にもカバーにも奥付にも「上巻」「下巻」の表示がないので、全一冊と間違えられることが多い。わずかに扉に表示があるが、これを見落として、あたかも全一冊であるかのように古書目録などに掲載する業者がいる。上巻と同じ年度に少部数ながら特製版がつくられているが、これにも「上巻」の記載がないため、混乱を助長することになっている。もしかしたら、古書店はわざと見落としたふりをしているのかもしれない。じつは、何をかくそう、私自身が一年ほど前に高野主宰の笑覧会の目録から〝片割れ本〟を購入してしまい、臍を噬んでいたのである。

「千円！」

突然、テーブルを隔てて私の斜め前にいた参会者の一人が、甲高い声を張り上げた。いつの間に来たのか、高野冨山が蒼白い顔を覗かせていた。人並はずれて小柄で貧相だが、薄い白髪をていねいに撫でつけ、大きな鼈甲縁の眼鏡の奥からは、いつものように油断のならない光が放たれている。

「ええ、千円、千円……。ほかに、どなたかいらっしゃいませんか？　千円、千円……。ハイ、おられないようですから、あなたに落札します。――ええと、どなたでしたっけ？」

司会者のおどけたような口の利き方に、高野は憮然とした表情を浮かべたが、つぎの瞬間、オクターブの高い声でいい放った。

「きみィ、松岡譲って知ってる？　その本の作者ですよ」

「いや、よくは知りませんが――」

若い司会者は曖昧な笑顔で応じたが、その表情には屈辱の念が交って、同時に相手の言をジョークと受け取るべきか否か迷っている気配もうかがえた。座が白けようとした。

「まあ、松岡譲も知らなけりゃ、ぼくの名前なんか知らないのも当然。――それがいいたかった。出品者はどちらの方？」

　そのとき、だれかが取ってつけたような笑声を発した。野卑で不謹慎な笑いではあったが、一同のあいだにはそれを救いとする暗黙の了解が生じた。たちまち座にはなごやかな空気が戻り、司会者は再び何事もなかったかのように、振り手役に戻っていった。

二

「どう？　お茶でも……」

三々手拍子で散会のあと、高野に誘われた私は、神保町方面への坂道を降った。冷え込む夜だったので、本当は早く帰って一風呂浴びたかったのだが、高野が『憂鬱な愛人』を落札した真意を糺したいと思ったのである。というのは、高野は三か月ほど前の古書展で私を出し抜き、この本の上下揃いを入手していることがわかっていたからだ。

高野は私より十年ほど年長で、大正末の生まれである。いくつかの大学の講師を兼任しながら作歌活動を行っていて、自ら晨風社という結社をつくり、カルチャーセンターなどで歌会や添削指導を行うほか、『岳稜』や『渓行』といった歌集を、自費出版ではあるが数点ほど出している。これらの歌集は美麗な装幀のせいもあって、一応の古書価がついていた。

しかし、彼の存在は歌よりも古書収集の世界で知られていた。そのコレクションは哲学・思想から文学、芸術、歴史、風俗、推理小説、児童ものというように、きわめて多岐にわたり、とくに昭和前期のマイナーポエットや海外の異色作家については、コレクターの少ない分野ということもあって、オーソリティを自負していた。

そのような豊富な蔵書を背景にした異色の古書論は、他の追随を許さぬものがあるといってよく、単行本にまとめられたものも数点あった。私は十年ほど前、「日本古書情報」という雑誌の座談会で彼と知り合ったのだが、面と向かって話をしてみると、薄い唇をへの字なりに結んだ気むずかしい容貌とは打って変わり、意外にも気さくな人柄のように思えたので、いらい展覧会などで遇うたびに近所の喫茶店などで清談一刻を楽しむことにしていた。歌の世界には疎い私でも、彼の収集分野には幾分なりとも共通のものがあった。先年彼の父親が亡くなった際には、弔問に蒲田の自邸まで赴いたこともある。

「最近は、いい喫茶店が少なくなってね」

東京古書会館の付近に開いている店を見つけると、高野は奥まった席を指した。ほかに客はなく、穴蔵を演出した粗い煉瓦づくりの壁に、錆びたランプ形のあかりが薄暗い光を放っていた。

高野は、服飾に疎い私でも一目で高級品とわかるチェックのオーバーを脱ぐと、無造作に空いた椅子の上に投げかけた。

「ぼくは抹茶とお菓子がいい。メニューはないかな」

「ほんとに甘いものがお好きですね。私はアメリカン」

高野は求肥が品切れと聞いて桃山を注文すると、傍らの壁に貼ってある映画の広告をぼんやり眺めた。

「『バベットの晩餐会』か。高野さんはこのごろ、映画はご覧になりましたか？」

「いや、興味ないね」

いつもとちがって、高野は映画の話に乗ってこなかった。なおも無言で広くもない店内を見回していたが、やがて吐き捨てるようにいった。

「きみはどう思う？　出版記念会でセリをやるとは、世の中も変わったもんだね。来会者のなかには、ああいったことに興味がないご仁もいることだし。何も古本屋のまねをすることはない」

なんだ、司会者が自分の名を知らなかったことに、まだ拘泥（こうでい）しているのだろうか。私は思わず失笑しかけ、それを押し隠すために、常にもなく強く反論した。

「高野さんの笑覧会でも、本を競ってるそうじゃありませんか。あれは古本屋のまねじゃないんですか？」

「そりゃ、きみ、愛書家による趣味の交換会だからね。出版記念会とは意味がちがいますよ」

高野は直ちに切り返した。

笑覧会は数年前に高野の主宰で発足した愛書家による古書交換会で、会員数は二百五十人に近く、この種のグループでは最大を誇っている。年数回発行される目録には、会員同士の出品に基づく入札目録が掲載されている。このように古書業者とは無関係の交換組織は、早いものは一九七〇年代の初期に生まれており、その後各地に波及したようだが、詳しい実態については知らない。私などにも勧誘がくることがあって、その目録の見本などを見ると運営方式はまちまちだが、落札すると主宰者にいくらかのマージンが支払われるのが普通のようである。笑覧会は新参グループだが、その割に多数の会員を集めているのは、手数料が「一切不要」ということにあるのかもしれない。「主宰者の趣味による運営ですので、年会費にしても目録郵送代に充当するだけです」などと、笑覧会の案内書には誇らしげに記されている。

「でも、あの程度ならばお愛嬌でしょう？　古書評論家の出版記念会らしい趣向と思いましたけど」

「趣向なら趣向らしくして欲しいね。あれじゃあ、クズ本、不要本の陳列会でしかない。欲しい本なんて、辛うじて一、二冊ぐらいしかないからね。現に三分の二は売れ残って、出品者に恥をかかせたのと違うかね？　古書評論というが、彼の古書の範囲といえば、あの程度なんでしょう。ぼくは招待状をもらったので、つきあいで出席だけはしたけどね」

高野は癇癖らしく、蒼白な額に青筋を浮かべると、吐き捨てるようにいった。また八つ当たりがはじまった、と私は話題を切りかえることにした。この機会に聞いておきたいことがある。

「今夜の『憂鬱な愛人』のことですけど、先日も高円寺の古書即売展に出ましたね」

「ああ、そうだったね。この本は近ごろ少なくなってね。千円じゃ到底手に入らないよ」

高野は黒革のショルダーから最前の獲物を取り出すと、しかつめらしくページを繰ってみせた。

「しかし、それは上巻ですね？　ぼくもいつだったか、入札市の下見会で手に取る機会があって、そのときはじめて上下二分冊で、しかも表紙やカバーにそのような表示がないことを知ったんですが……」

高野は薄い大きな唇をへの字なりに歪めると、軽蔑したような笑みを浮かべた。

「あれ？　きみ知らなかったの？　当時の第一書房本は、表紙や箱に上巻・下巻の別を記してないものが多いんだよ。せいぜい星印で、上巻なら星一つ、下巻なら二つといった区別しかしてない。現に処女出版の松岡譲『法城を護る人々』からして、星印しかついていない」

「その手は戦後の三笠書房の翻訳ものなんかにも用いられていますね。しかし、今夜のような交換会などでは明確にすべきではないでしょうか？　お遊びでもね」

高野は大きな眼鏡の奥からじっと私を見た。一拍、間があった。

「――まあ、参会者のレベルがちがうということかね。ご存じと思うが、この下巻は昭和六年に出ているんですが、非常な稀覯本なんです。もともと文壇から干された松岡が、何年かの沈黙を破って婦人雑誌に連載しはじめたものを単行本にしたもので、上巻が出たところで文壇から『センセーショナリズムを売りものにする』などとケチをつけられたため、連載は中絶、世間からは黙殺された後、ようやく下巻が出たといういきさつがある。そのさい、上巻も改訂して、新上巻として出したというんだから、紛らわしい話さ」

「それは知っていますが、どういう経緯があろうと、下巻が出ているんですから、不揃いは不揃いです」

「そういえばそうだが、下巻がなければ価値がないなんて、そんなことはない。――ええと、奥付を見るとこの本は昭和三年に出ているね。つまり松岡譲が処女出版の『法城を護る人々』を出してから五年目ぐらいの本で、この通り第一書房特有のきれいな装幀だ。この極彩色の布装と、同じ図柄のカバーを見てください。これだけでも価値もんだ」

「しかし、私は内容を読みたいんです」私はなおも食いさがった。「松岡と久米が漱石の長女を争ったという、その詳しい真相を知りたいんです。たとえば、その長女自身の心の動きとかね。そのためにはいい資料なんですが、上巻だけではいざ佳境に入ろうとしたところで、無惨にもプッツリ切れてしまうんですよ」

「まあ、喜多さんは勉強家だからね。この本を資料としてお使いになる」高野は大仰に顔をしかめて見せた。「それはいいことだ。非常にいいことだ。世間には得てして本を読まない愛書家というものがいる。いや、多すぎる。彼らは、本を集めて占有すべきものと思いこみ、まず読むべきものだということを知らない。ぼくは、本を読むために集める。これがポイントで、収集や売買の対象では絶対にない。古本のコレクターや古本を商う業者とはちがうんだ」

いつもの口癖である。私は高野がどこかで講演に招かれたさい、司会者から「古書収集家の高野さん」と紹介されたところ、色をなして「ぼくは歌人だよ。本を読まない古書収集家とはちがいます」と抗議したというわさを思い出した。本をモノとして扱うことに、あえて教養の源泉として本を見る思想を対比させることは、彼にとって己の存在証明のようなものなのだろうか。

「資料と考えればこそ、揃いでなければ困るんです。上下巻と揃ったものが手に入らないでしょうか」

「わかった。上下巻の揃いをお世話しましょう。笑覧会の主宰者としても、ここは一肌脱がなければ」

「それはありがたい。ぜひ、ゆずってください」

「おゆずりすることは可能なんだが……」高野は考え込むように、やおら抹茶をすすった。

「じつはこの本の下巻が今度の交換会に出品されるんですよ。すでに会報で出品者として予告を出してしまったので、勝手におゆずりするわけにはいかない。……困ったね」

「それでは、私も会合に出席しますよ」

「ああ、それはいい。喜多さんは、笑覧会には未だご光来いただいてないからね」

正直なところ、笑覧会には高野からたびたび招待されながら、まだ足を運んだことがなかった。一つには、私の探求分野である地方史や風俗史関係の本が乏しい様子であったことと、もう一つは高野の狷介な性格が疎ましかったからだ。しかし、『憂鬱な愛人』の下巻が滅多に出るものではないとすれば、一時の不快は忍ばざるを得ない。

「開催はいつでしょうか？」

「来月の六日、土曜日。場所は都内某所ということで、まだ一か月も先なので、きまってない。幹事に任せてるのでね」

「ぜひ、伺いたいですね、こうなれば、私も執念ですから」

高野は無言で茶を啜った。

「まあ、ほかに競争者がいなければ……」

「なんだか、高くつきそうですね」

「いやいや」高野は大仰に遮った。「うちは三千円を上限としてるんですよ。競るのはそこまでで、あとは抽選です。古本屋じゃないんだから」

「いや、それはありがたい。市価の五分の一ないし十分の一の、奇跡のような値段ですね。しかし、絶対手に入るという保証はないわけですね」

高野の唇が笑いに歪んだ。いつの間にか上機嫌になっているようだった。

「理論上はそういうことになるが、そこは喜多さんの腕の見せどころじゃないの？」

「じゃ、ぼくはこれで」

店から出て、風の冷たい大通りに出ると、高野は唐突に神保町方面に歩き出した。これも彼の奇妙な癖で、同行者を一瞬戸惑わせるが、用さえすめばダラダラと付き合うことはしないという合理主義のあらわれとも思えた。

私は仕方なく、逆方向の三百メートルほど先にある御茶ノ水駅に向かった。振り向くと、高野が電話ボックスに入るのが見えた。妻に帰宅時刻を連絡するのであろう。

三

じつのところ、私は『憂鬱な愛人』をそれほど欲しいわけでもなく、松岡譲と久米正雄のいわゆる破船事件は、文壇にありがちの陰湿な党派性を露呈したものとして、多少の興味を感じるにすぎなかった。小説の中では夏目漱石が人見疎石、その娘筆子が涼子、松岡が秋山、久米が三木というそれぞれ仮名となって登場する。ほかに芥川龍之介が小早川という姓で出てくるという、モデル小説としての興味はあるが、松岡譲の作品にありがちな人物造形の平板さと筋の単調さは閉口もので、さすがの私も上巻の半ばぐらいで投げ出していたほどだ。極端にいえば、私は本の内容はどうでもよかった。彼から何としても貴重本を頒けてもらわなければ気がすまない経験をしていたのである。

春先のこと、私は杉並の高円寺で定期的に開催される展覧会で、かねがね探求していた翻訳書を見つけた。昭和二十七年に出たハズリットの『日時計』で、訳者は橋間石という人である。ウィリアム・ハズリットはいうまでもなく十九世紀イギリスでチャールズ・ラムと並び称されたエッセイストであるが、ラムの『エリア随筆』が岩波文庫に入るほど普及しているのに、ハズリットのほうはせいぜい高校や大学の英語教科書に採りいれられるのが関の山。単行本としてまとめられた例はほとんどなく、いかにも不公平な扱いとなっている。

訳者は当時神戸商科大学の英文学教授で、自身随筆家としても知られていた。ハズリットに傾倒していたらしく、鏤骨の訳文である。巻末の後記も、ハズリット論として貴重であるが、残念ながら小出版社より刊行されたためか普及せず、私が大学生のころ――といえば昭和二十年代の後半――に特価本として市場に出てしまった。一度特価本となったものは古書市場ではあまり高価にならず、したがって目立たなくなる傾向がある。ましてやハズリットのように作者に人気がないと、まったく流通しなくなり、やがて専門書店でもその存在を知らない例すら現れてくる。

しかし、私にはハズリットがラムに比して劣るとは思えない。英文学中の随筆の華として、文章の巧みさや行間に漂う滋味においては時にラムをしのぐものさえあると思う。とくにハズリットは、ラムに欠けている社会性や批判精神に富んでいて、共鳴することが多くある。

たとえば「学者の無学」(On the ignorance of the learned) では冒頭にサミュエル・バトラーの「話せる国語の数がふえると／知能の漏りはいよいよ烈しく、／それにうちこむ励みに応じて、／当然それだけ別途で損する」という風刺詩を掲げ、以下独自の考えを展開する。

およそ最も思惟にとぼしい種類の人間というのは、ただ書を著わし、ただ読むだけの連中である。よみかき以外に何一つ出来ないくらいなら、いっそそうしたことの出来ないほうがましだ。世間でよく見かけるように、一冊の本を手にしてぼんやり日を送っている奴は(九分九厘まで)、身辺に起こり脳裡にうかぶ事柄に気をとめる力もないのだ。(中略) 今日書物が、自然をのぞく「眼鏡」の用をなすことは稀れで、多くの場合は、自然のはなつ強烈な光をさえぎり、よわい眼とものぐさな気質に情景をふれさすまいとする目隠しに使われる。紙魚(しみ)のやからは、概念的な語句の羅列のくもの巣にわれとわが身をくるんで、他人の心から反映するものの影の微かなきらめきしか眼に入らない(橋間石訳)。

文中「眼鏡」はドライデンがシェイクスピアを論じた文章からの引用らしい。元来イギリスの知識人は実利派が多く、「読書は単に知識の材料を供給するのみ。それを自家のものとなすは思索の力なり」と称したジョン・ロックや、「書を読んで考えないのは食べて消化しないのと同じ」と断じたエドモンド・バークらをただちに思い出すことができる。一種の経験則で、本を多く読む者がだれでも感じるであろう自己反省の弁であるともいえよう。いうまでもなく、これらは知識人ないしはその予備軍がまだまだ少ない十九世紀以前の話で、現代の滔々(とうとう)たる大衆文化を背景にした、蕪雑(ぶざつ)な反知性主義とは一線を画することを強調しておかなければなるまいが、いわゆる現実に疎い、現実と真の意味で斬り結ぶ能力に欠ける「学者の無学」は、現代においてもあらゆる分野に見出すことが可能であろう。その傾向はむしろ強くなっているといってよい。

もっとも、私自身、このようなことを大所高所からいえる資格はないかもしれない。ハズリットの言のごとく「よわい眼とものぐさな気質」により、本を手にしてぼんやり日を送っている、思惟のとぼしい人間だからである。それも――高野から勉強家といわれたが、本当は日常郵便受に入っているものの中から、新聞よりも古書目録を選び出し、あるいは会社をサボっても金曜日早朝の即売展に行列するといったタイプの愛書家や収書家に属するといったほうがよいかもしれないのだ。熱い時事的な関心から新刊書を読むよりも、十九世紀英文学などに親しんで過去に思いを馳せるほうを好むという点、自らの非社会的な性格をじゅうぶん自覚しているといわなければなるまい。

しかし、私はそのことを誇りとしているわけではない。明けても暮れても書物のことしか念頭に浮かばない性格を、一面では困ったことだと思っている。およそ愛書家というものは、うまいものを食いたい、女を抱きたい、いい家に住みたい、いいクルマも欲しい、ゴルフのスコアを伸ばしたい、あるいはどこか世界の秘境か歓楽境へ出かけてみたいといった世俗的な欲望は最初から断ちきり、時間とエネルギーとなけなしの金を一切合切、本という吹けばとぶようなものに費消してしまうのである。いわゆるビブリオフィルであり、日本流にいうならば書物の鬼である。

それでも、さすがに時折ではあるが、この鬼も真人間に返って、もう少し書物というモノにとらわれない、自由で軽快な生き方があるのではないかと考え込むことがある。高層ビルなどのイベントに階段登り競走というのがあるが、そのような冗談半分のイベントに熱狂的に参加していた人が、途中の踊り場で疲労を感じ、ふと我にかえるようなものだ。

しかし、このような反省ないし迷いの瞬間はあるものの、その後はきまって、いったいおまえは何を思ってるんだ、おまえは読書あるいは愛書という知的で贅沢で奥深い生き甲斐を持っているのではないかという、反動の自己満足に駆り立てられるのが常である。こうした二つの矛盾した感情の間で中ぶらりんになっているのが、いわば常識的な読書家や愛書家で、多くの読書随筆、愛書エッセイはそのような感覚を前提に成り立っている。また、ここに一般の読者との接点もあるように思われる。

ところが、数ある愛書家のなかには、その種の感覚とはまったく無縁の人がいるような気がする。書物以外の世界はいっさい知らないし、知る能力も欠けているように思える人たちである。この人々は、なりふり構わない自分の姿を鏡にうつしてみることがないどころか、他人の姿も眼中にない。ひたすら体力にまかせて書物の世界を猪突猛進するのみで、つまりは階段の踊り場で我にかえるというような経験を持ち合わせないように見える。

　他人の姿が眼中にないということは、他人を蹴落として目的を達することに、何ら良心の呵責（かしゃく）を覚えないということである。ウィスキーのボトル持参で古書店を買収したり、目録買いで、ある一冊の本が欲しいだけなのにそのページの全部を買い切りにして競争相手を閉め出したり、即売展の注文にあたって、何人もの偽名を使ったりすることなどは序の口である。目録注文に競争相手が一人いることがわかり、その名の見当がついたので、電話で競争相手の名を騙（かた）って注文をキャンセルし、首尾よく本を入手したという例もある。こうなるとルール違反というより犯罪行為であるが、してやられた当人も同じようなことをやっているので、表沙汰にはならなかったという。

　高野冨山は、このようなビブリオフィルの中でも際だった、ほとんど確信犯的な存在だった。本を読まない人間、書物に無縁な人間は、彼によればこの世における〝非在〟、つまり存在しないも同然で、無視して構わないものだった。人生に相渉（わた）るものは、一にかかって書物および書物の中の世界（内容）に限られ、現実世界は書物の出涸（でが）らしにすぎなかった。

　彼がいかに書物の世界に執着し、そのために現実世界では非常識を発揮しているかについては、その文章の一節からも窺われる。

レイモンド・ウィーヴァー教授といえば、アメリカでは有名な先生らしい。彼はその勤務している大学で、女子大生から「まあ先生、このベストセラーをまだ読んでいらっしゃらないんですか？　もう三か月も前に出たんですよ」といわれたとき、ただちに答えたという。「おや、あなたはダンテの神曲を読みましたか？　もう六百年も前に出たんですよ」

このようなアネクドートに続いて「呵々」と記せば、話は終わってしまうが、私のいいたいことはこの先にある。

そういえば、私も女子大生に思わず啖呵を切ってしまったことがあるのだ。数年前の神保町の古書展でのこと、『文壇太平記』という本を注文した。大正十五年に萬生閣から出たもので、著者は相馬健作というゴシップ・ライターである。いまでこそほとんどいなくなったが、日本の文壇には作家の裏面やうわさ話をネタに糊口を凌ぐ物書きがいて、それが現在から見ると案外有益な資料となっている。相馬健作は無論ペンネームだろうが、そうしたライターの一人だったらしい。

といって、私は相馬の作品に魅力を感じたのではない。じつはこの本の中に加藤由蔵という、いまはまったく忘れられた作家のデビューまでの回想が、相馬の手で要領よくまとめられていることが問題なのだった。大正中期に「文章世界」の投稿作家としてデビューした加藤由蔵は、「南瓜盗人」や「海岸の丘」などで中村星湖や加藤武雄らに注目されたが、その後どうしたことか、本書を上梓したきりで終わってしまった。加藤由蔵に関する資料はきわめて少なく、ここに出ている僅々十ページほどの聞き書きでも、きわめて貴重に思われた。

それはともかく、このような人に知られていない裏面資料だから、私のほかに注文する者など絶対にあるまいと高をくくり、古書展の受付に赴いたのである。まさにちょうどそのとき、一人の女子大生風が当の本を係員から受取り、代金を払おうとしていたではないか。私は思わず、

「その本は、おまえなんかの持つような本じゃない！」

と叫んでしまったのだ。

これが大評判となって、古書界にあまねく知れ渡ってしまった次第だが、私としては止むに止まれぬ抗議だったのである。考えても見よ。埋もれた作家の発掘こそは、私が半生を費やしたテーマであり、他の研究者などとはちがって、地味で研究業績も上がらないようなマイナーな作家をとりあげることに努めてきたつもりである。しかも、その成果を著書の中に惜しげもなく公開し、社会に還元しているのである。そのような資料的な価値を理解しない、いってみれば昨日今日の女子学生ごときに奪われたが最後、埋もれた作家は永久に埋もれてしまうに相違ない。社会的な損失でなくて何であろうか。

「その本は、おまえなんかの持つような本じゃない！」という私の言は、まさに天の声がいわしめたと思っている。

普段私と収書の点でライバル関係にある人たち、それに私の言動を根にもっている古本屋たちは、この出来事を耳にして、まるで鬼の首でもとったように大騒ぎをし、人身攻撃を強めているが、私にとっては別世界の話である。目下の私の心境は、つぎの歌の通りであるといってよかろう。

葛は恨み尾花は招く夕暮に心強くも過ぐる秋風

——高野が笑覧会の機関誌に自ら掲載した「尾花抄」というエッセイの一節であるが、「私の言動を根にもっている古本屋たち」とあるのは、高野の「貴重本はおれに譲るのが当然」という態度に反感をもつ書店をさす。ついでに、この学生がM大学国文科研究室のK教授のもとで助手をつとめており、高野がその教授とは犬猿の仲であるということにもふれておく必要があろう。数年前、「日本古書情報」の随想欄にある忘れられた女性作家をめぐる異性関係のエピソードを紹介したK教授は、高野から電話で出典についての質問を受け、仲本善二（もとぜんじ）の『文壇情炎史』という本だと答えたところ、「俗書ですね」と嘲笑されたというのである。

「俗書という人もいるが」K教授は同誌上で反論した。「仲本善二の本はよく調べ上げていることがわかるコワイ本だ。このような資料を再評価することは、古書収集家には無理なのだろうか」

以後、高野はK教授の著書にことごとく難癖をつけるようになった。高野は妙にプライドが高く、人から尊敬の念をもって遇されないと機嫌が悪い。この場合も埋もれた作家の発掘という、自分の縄張りに他人が入り込んで突っつきまわそうとしたことに腹を立てたのだろう。さらに「古書収集家」といわれたことで、神経を逆撫でされた。K教授が、高野の泣き所を知って逆襲に出たにちがいないというのが、いまのところ〝定説〟となっている。

およそ、このような人物とつきあうのが厄介なことは、だれしも想像できるであろうが、私との間柄はどういうわけか、現在まで大過なく推移してきた。一つには、つきあいはじめのころ、高野の著書を書評で褒めたことがあるからだろう。「書物の世界は現実よりもはるかに迫真性がある。現実が夢幻に似、夢幻が現実よりも迫真性を帯びるあの至福の瞬間、その悦びを確実に自分のものにすることが真の読書のあり方である」という彼のことばに、かなりの共鳴を覚えたのである。

もう一つは、自分からはいいにくいが、日常なるべく他人との争いを避け、いわば調和的に生きようとする私の性格にも関係があると思う。書物は私の主な関心事の一つではあるが、他人と争ってまでもわがものにすることはないと考えている。せっかく入手した書物も、それが他人と争い、傷つけ合って得たものと思うと、いささかも嬉しくないであろう。それどころか、背表紙を見るたびに忌まわしい記憶が貼りついているような気がして、しまいにはその本を見ることさえ苦痛になるに相違ない。憧れの対象としての本を、このような形で冒瀆したいとは思わない。それくらいなら、手にしないほうがマシだ。おそらくある種の犯罪者は、欲しいものを自分のものにした途端、それを入手するためにした数々の悪事や背徳行為に関して、都合のいい記憶喪失症に罹るとしか考えられない。とすれば、私はそのような資質にまったく欠けているといわなければならない。

私が思うに、高野冨山は傲慢ではあるが、どちらかといえば神経質な、気の小さい性分で、大胆な犯罪をおかすというようなタイプではない。シニカルな物言いほどには、陰鬱な性格でもない。しかし、その度の強い眼鏡の奥に油断なく光っている細い眼には、欲しい本のためなら人を出し抜いたり、裏切ったりすることを躊躇しない、一種の酷薄さがあらわれているように思われた。

三か月ほど前のことである。私は東京杉並の高円寺で定期的に開催される古書即売展の目録に、かの『憂鬱な愛人』の上下揃いが載っているのを見つけ、値段もかなり廉いように思えたので、勇躍、出品者の平成堂書店に注文した。電話に出た主人は、最近まで神保町の小檜山書店の店員として修業したのち独立した人で、私は学生時代からつきあいがある。心安立てに聞いてみると、「いまのところほかに注文者はいません。一人二人あるとしても、こちらで抽選しますから、大丈夫でしょうよ」という返事だった。

安心したわけではないが、この本については早い者勝ちの展覧会で一足遅れをとったり、入札会で予想以上に落札値が高額になり、やむなく退却したりという芳しくない経験があるので、今度こそはものにしたいという思いでいっぱいだった。三度目の正直で、なんとか入手できるのではないか。それは何の根拠もないのであるが、懇意の店主の口ぶりでは、適当に融通をきかせてくれそうな気がした。

古書の収集家なら多かれ少なかれ経験があるはずだが、その期待感は日を追うごとに膨らみ、当日になると極点にまで高まった。私はＪＲ高円寺駅に降りると、三百メートル先の即売展会場へいそいそと駆けつけた。会場は混んでいたが、ちょうど平成堂の店主がレジに立っていた。

「喜多ですが、注文した本は？」

店主は困ったように俯(うつむ)いた。

「すみません。抽選に外れました」

「外れた？　そんなに注文があったの？　それでは仕方がないが、だれが……」

「高野さんに当たりました」

私は一度に膝が抜けるような脱力感を覚え、カウンターに両手をついてしまった。高野が、なぜ？

突然、私は思いだした。その二、三日前、高野から電話があった際に私のほうから、「今度高円寺の即売展に出る『憂鬱な愛人』を注文した」という話をしたのだった。

「ああ、あれね。いくらで出ていた?」

「一万七千円ですよ」

「高くなったね。ぼくはあれを昭和三十二年ごろ手に入れたが、上下揃いで三百円ぐらいだったね。しかも美本だった」

「廉かったですね」

「そう。当時は松岡譲なんて、だれも問題にしてなかったからね。知らなかったんじゃないかな。あれからだね、古本界にシロウトが大量に入ってきたのは。半可通な知識だけで、たいして価値もない本に殺到するもんだから、おどろくような値がついてね。『憂鬱な愛人』なんて作は、たいしたことのない通俗小説だよ。あんなものに血道をあげるやつの気がしれない」

「私は以前から研究的な興味から……」

「ハハハ、そうだったね。喜多さんは勉強家だから。それにしても、ずいぶん前からお探しでした」

「高円寺は土曜日ですが、いらっしゃいますか?」

「今回はパス。土曜日は吟詠旅行があるんでね。古本どころじゃありませんよ」

「――」

私との電話のあと、高野は平成堂書店に電話したに相違ない。

「すみませんね。高野さんはクジ運が強くて……」

平成堂は、私の目を見ないようにしながらいいわけをした。私はほかの本を見る気力も失せて、そのまま会場をあとにした。

いったい、高野は何を考えているのだろうか。私が長らく『憂鬱な愛人』を探求していたことは、承知のはずである。それでも、自分が持っていなければ注文してもおかしくないが、美本を所蔵しているという。明らかに嫌がらせではないか。

帰途、いつもなら駅前の喫茶店で同好者と雑談をするところを、とてもそのような気になれず、昼食も忘れて帰宅した。

ところがその夜、妻が電話を取り次いだ。

「高野さんからよ」

「え？　本当かい？　何の用だろう」

私は電話に出たくなかったが、ふとあの本は高野が私のために取り置いてくれたのかも知れないと思った。競争者が多い場合を思って……。そうにちがいない。

「もしもし」私の声は弾んでいたと思う。「どうも今日（きょう）は……」

「あ、喜多さん？　お元気？」

「元気ですが。何か？」

「いや、このごろどうなさってるかと思ってね」

様子を探りに電話してきたのだ。私は前にも増した脱力感に襲われ、その場にしゃがみこんでしまった。妻がいぶかしそうに見ている。

「どうって……。高円寺に行ってきましたよ。あの本、高野さんに当たったようですね」

私はそういうのがやっとであった。

「ああ、ぼくにあたったらしいね。まあ、予備として持っていてもいいと思ってね」

「しかし、予備とはぜいたくですね。もしできればお譲りいただけませんか？」

これはできれば口に出したくなかったが、高野のほうは私が切り出すのを待っているのかなという気がしたのである。しかし、相手の答えは私を後悔させるに十分だった。

「あれはダメ。やはり、あの手の本はぼくの手元にあるのが最もふさわしいのではないか、という気がしてね」

「いったい、何を――」

私の怒りを察知したのか、高野は先回りしていった。

「喜多さん、ご経験がありませんか？　私はね、本が無性にかわいくなることがあるんですよ。とくに同時代の本というのはね、同世代としてのいとおしさがある」

なにを勝手な、と思っているうちに、相手はいうだけのことをいうと、電話を切ってしまった。

ここまでに記したのが、冒頭に述べた出版記念会の三か月ほど前の出来事である。私がその会における高野の行為に、大きな疑問をいだいた理由がおわかりいただけたと思う。

四

笑覧会の開催場所は、高野がいったように十二月六日、土曜日の午後二時、場所は神保町一丁目すずらん通りにあるS大学修文館(しゅうぶんかん)ホールの三階会議室で、ということになった。私の仕事である原稿執筆は、十一月の下旬ごろから年末スケジュールに入り、師走(しわす)になってからは日程のやりくりに苦労させられるのが常であるが、ほかならぬ『憂鬱な愛人』のためとなればやむをえない。この本を手に入れることは、もはや私にとって執念以外の何物でもなくなっていた。動物実験のサルも、鼻の先にぶら下げられた餌にいつまでも手が届かないようにしておくと、しまいにはノイローゼになるそうな。

そんなわけで、私は当日がくるのを指折り数えて待っていたわけだが、その前に少々おかしな出来事があった。

中島栄輔(なかじまえいすけ)という、日ごろ顔見知りの古書愛好家がいる。小川町(おがわまち)にある左翼系出版社の若手編集者、といっても年齢は三十代の後半と思われるが、童顔で図体の大きな一見オタク風で、即売展のある日は本業そっちのけで会場にやってくるのだが、私とは時間が合えば会の後に喫茶店で話をする程度であった。それが十一月の中旬ごろ神保町の古書会館で開催された即売展の帰りに、めずらしく出口付近で彼に呼び止められたのである。

「ちょっとお時間ありませんか」

私たちは会場を出ると、古書マニアが集まる近所の喫茶店に向かった。本曇りの日で天気予報が雨を告げているせいか、靖国（やすくに）通りから一歩入ったあたりは人通りもまばらだった。

「じつは、妙なうわさを聞いたんです」

中島は無精ひげのある顔をおしぼりで擦りながら、切りだした。

「高野のこと？」

私は中島が笑覧会の会員でありながら、高野を嫌っていることを知っていた。

「無論です。彼が古本屋を経営してるってうわさを耳にしたんです。ご存じでしたか？」

「知らないね。どこで？　笑覧会のことではないのかな」

「いや、純然たる古本屋です。『ブックマーク』という名だそうですが、目録専門店なので店舗はありませんが、なんでも事務所が三崎町（みさきちょう）にあるそうです」

通販の目録を発行するだけで、店舗を持たない業者が最近増えている。「ブックマーク」という店はその中でも異色で、文学、映画、絵画などを得意分野とし、ほかにコミックも扱うという個性ある存在だった。

「すると、古物売買の許可もとっているの？」

古書籍商は古物営業法に則って、売買にあたっては所轄警察署の許可証が必要とされる。

「その辺の抜かりはないでしょう」

「本格的なんだね。もっとも笑覧会だって現実に売買が行われているんだから、うるさくいえば古物売買になるか」

「笑覧会は関係ないんです。それとは別に古本屋を経営してるってことです」

「うーん、知らなかったなあ。彼のことだから、あり得るがね」

「しかし、あの人はいつも自分が古本屋とはちがうということを主張してますよね。『ぼくは古本屋とはちがう。歌人だよ』とね」

「それこそが、彼のアイデンティティーだからね」

「そうでしょう？　ところが自分から古本屋を経営しているとしたら、どういうことになりますか？」

「うーん」

私は考えこんでしまった。もし本当だとすれば、言行不一致と非難されても仕方があるまい。

「自分は、彼に公開質問状を突きつけようと思うんです。古書収集家でなくて歌人だ、古本屋なんかじゃない、などといいながら、裏で古本屋を経営している。人をなめているじゃありませんか」

中島は憤懣やるかたないという表情で、一気にまくしたてた。会社でジャーナリズム関係の本を編集している彼としては、一種の職業的な関心が絡んでいるのかも知れなかった。

「たしかに、あなたが怒るのも無理はないが、公開質問状とは穏やかではないね。相手は海千山千だから、名誉毀損などで訴えられたら、あなたのほうが損をしますよ。だいたい、証拠はつかんでいるの？　その店——『ブックマーク』が彼のものだという証拠……。もし、正式に登記しているなら、簡単に確認できるだろうけど」

「さあ、そこまではどうですかね。自分の友人で南条君というコミックのコレクターが、この店から海野十三の『浮かぶ飛行島』を購入したんです。ところが、買ってすぐ気がついたのは口絵が破りとられていたそうです。あわてて目録の住所を見たが、大森郵便局の私書箱の番号が記されているだけで、電話番号がないので、やむなく手紙で連絡したところ、返金するから事務所まで来いという返事だったそうです。その場所を聞くと三崎町ということでしたが、結局はその近所の喫茶店で会って代金を返してもらったそうです」

海野十三はいうまでもなく日本ＳＦの父といわれる作家で、近年再評価されて全集も出ている。『浮かぶ飛行島』は昭和十四年に刊行された少年向けの軍事冒険小説、古書価は二万円以上する。この本の人気は、写実的なペン画家として当時の少年読者から絶大な人気を博した樺島勝一の挿絵が入っていることで、巻頭口絵には空母を大きくしたような飛行島の鳥瞰図が、あたかも細密画のように描かれ、当時の読者を熱狂させたものだ。高野は大正末の生まれであるから、もう中学生になっていたはずだ、私も戦時中の七、八歳のころ、この作品が連載された「少年倶楽部」の古本を求めて読みふけった記憶がある。

「その南条君は、『ブックマーク』の事務所へは行ってないんだね。目録記載の住所が大森で、事務所が三崎町というのはややこしいね」

「大森郵便局は、高野の自宅の住所の蒲田に隣接しているところですが、あえて最寄りの大森局を選ばず、しかも私書箱としたところに意図的なものを感じます。何というか、正々堂々としたところがないですね。事務所を三崎町としたのは、神保町の隣ということで、彼としてはホームグラウンドの近くということなんでしょうが……」

「推測だけでは仕方がない。何をするにも、一度その三崎町の事務所とやらに行ってみたらどう?」

「そんなもの、あるわけがないでしょう。高野が南条君に示した三崎町の番地は架空にきまってますよ。会う場所を喫茶店に変えたのも、あらかじめ企んでのことでしょうよ」

「なるほど」

私はしばらく周囲を見回しながら、コーヒーをすすった。神保町は大手町などのオフィス街に近いので、正午に近くなると店内は背広姿のサラリーマンで忙しない雰囲気となる。その中に即売展帰りの愛書家たちが、カジュアルな格好で古本を見せ合っているのが、いかにも異物が挟まったような、奇妙な光景といえた。

「三崎町はすぐそこだから、いまからその事務所の架空の場所に行ってみませんか？　何か手がかりが得られるかも知れない」

「それはどうですかね」

中島は気が乗らないような表情だったが、私についてきた。神保町の交差点に出ると上空は薄黒い雲で覆われ、すでに小雨がぱらつき出していたが、三崎町の問題の場所にいたるラーメン屋や小料理屋の立ち並ぶ裏通りは、早めに昼食を済まそうとするＯＬたちでにぎわっていた。

「この辺でしょうかね」

中島は白山通りに出ると地番のプレートをたどりながら、中小の古い店が並ぶ一角で足を止めた。白山通りは神保町の交差点と直角に交わるバス通りで、私は学生時代にこの辺一帯の古書店を一軒一軒回った記憶があるが、現在はすっかり飲食店や不動産屋、ビデオ店など他業種の陰になってしまい、存在感が薄れているようだ。中島が指し示したのは、先頃後継者がいなくて閉店したというＫ書店の、いまは赤錆びたシャッターが下りているモルタル造りの、柱にあたる箇所に取りつけられた地番のプレートで、たしかに高野が南条君に示したという番地が記されていた。

「ここは以前のK書店だね。間借りしていたのかな……」

雨が本降りになってきた。私は店の脇に放り出された埃まみれの均一台を除けるようにしながら、隣のカバン屋の建物の間をのぞきこんだ。

もう三十年近く前のことだが、村田弘集堂という、店舗を持たないで通販や即売展用の目録だけで商売をしている業者を訪ねたことがある。やはり即売展で購入した本が落丁だったため、連絡をすると「ついでの時に店まで持ってきてくれれば返金する」という。その店なるものが、非常に探しにくい場所にあったことを、中島の話を聞いているうちに思い出したのである。

むかしのことなので記憶は薄れているが、それはどうも私がいま立っているあたりだったような気がする。ひょっとすると、まったく同じ場所だったかも知れない。

とするならば、この狭苦しい、建築法規など無視して密着させた建物と建物の狭間に、問題の事務所があるはずだ。私は蟹のように身を横ざまにして、その路地ともいえない空間へと踏み込んだ。

「どこへ行くんですか？」

中島が不安そうな顔になるのを、委細かまわず私はその路地へと進み入った。たしかに村田弘集堂のあった場所だ。

湿った、カビ臭い空気が、すっかり忘れていた村田弘集堂のことを思い出させてくれた。

両側の凹凸のある壁面にこびりついた黒いカビや埃が上着に付着しないように、横向きにソロソロと足を運んでいくと、K書店側の壁に古びた木製のドアがあった。

「ここだ、ここだ。思い出したぞ」

果たして私のカンは当たったのだ。当時は私もまだ二十代で、古本集めも駆け出しのころだったので、個々の店のことなど気にもとめなかったが、それでもこの村田弘集堂の奇妙な印象は頭の隅に残っていたと見えて、中島の話と結びついたのである。

「何ですか、ここは高野の店ですか?」中島が近づいて、声をひそめた。

「いや、ここは以前に村田弘集堂の事務所があったところなんだよ。一度来たことがあるのを、いまようやく思い出した」

「だれかいるようですね……」

扉の上は黒ずんだ磨りガラスになっていて、内部からポッと明かりが漏れている。

私は躊躇した。村田弘集堂はもう物故したと聞いた。現在のテナントはだれか知らない。あらためて扉の左右を見回しても、表札も何もない。

「なんだか秘密めいた雰囲気だね」

「ノックしてみますか?」

「ちょっと待てよ」

しかし、雨はいよいよひどくなってくる。私はその日、簡単な布製のバッグしか持ってこなかったので、即売展で買った本を濡らす心配が出てきた。

「よし、入るか」

念のため、青銅色に錆びたノブをまわしながら押して見た。

「――」

意外なことにドアは内側へ音もなく開いた。私は思わずつんのめりそうになりながらも、乱雑な書棚の列を目にしていた。蛍光灯が一本、わびしい光を落としている。

「ごめんください」

ドアを半開きに保って、二、三度声をかけてみたが、返事はない。雨はますます激しくなる。

「入らせてもらおうか。雨が降ってきたんだ。いいわけはできるさ」

「不法侵入なんていわれるのは、いやですがね。ごめんください……」

中島も続いて、おそるおそる入ってきた。上がり框(がまち)に襤褸(ぼろ)布のようなマットが置いてあるだけで、玄関らしきものはない。広さは六畳ほどで、そこにステンレス製の書棚が十個ほど並べられているが、通路には本や雑誌が積み上げてあるので、足の踏み場もない。奥に境の扉があると思われるが、書棚に隠れて見えない。

「うーん、こういった本は、高野には関係ないんじゃないかな」

私は本の片端から背表紙を見ていったが、目につくのはまず雑誌のバックナンバー、新聞の縮刷版、年鑑、図鑑などといった資料もので、年度も不揃いなものが多い。そのほか伝記、歳時記、写真集、郷土史などといった、およそ高野の得意とする分野とは関係のないものばかりである。

「出ましょうか？　高野がここの住所を騙ったということはたしかなようですから……」

中島は逃げ腰になっている。私は急に足下が冷えてくるのを感じながら、なおも薄暗い室内を見回した。目の届く限り乱雑に積み上げられた本や雑誌の山また山。その中身もあまり面白いものではなさそうだ。もし事務所らしいものを求めるとすれば、入口から最も近い隅に小机と汚れた複写機らしいものが一台あることだが、その上に紙片が散らかっているほかは、あまり使われている様子もない。私は何気なくそのほうへ足を向けようとした。

そのときである。

「なんだ、君たち、どうしてここがわかったの？」

高野の顔が、堆く積みあげた雑誌の向こうから覗いていた。

「――」

一瞬、私たちは声も出なかったが、まずい状況に陥ったのはたしかだったので、「無断で、すみません」だの「雨に降られまして」だの「ちょうど近くへ来たもんで」など、互いに必死の弁明を繰り返した。

「なんの、なんの。当方はいつでも歓迎ですよ」高野は意外にも、これまでに見たこともないほどの上機嫌だった。「お構いはできませんがね。どうせ、ここは近く地上げで取り壊されることになってるんで、社会見学と思って見ておいたほうがいいんじゃないの？」

思いがけない軽快な動作で、古雑誌の束を一つ一つ要領よく片づけながら自分の通り道をつくると、私たちのほうに近づいてきた。服装もブランドもののジャケットのかわりに、カーキ色のジャンパーにだぶだぶのズボンという古本屋スタイルで、まるで別人かと疑われるほどだ。手に近所の和菓子屋の袋を持っている。

「へえ、まさかこんなところに高野さんがおられるとはね……」

私は思わず口に出してしまった。夢でも見ているようだった。無論、悪夢である。

「びっくりしましたか。そりゃ、ぼくだってたまには変わったことをしたいからね」

「ここは、あの、店ですか？」

中島がおびえたような声でたずねた。

「ああ、中島君でしょ。例会にはあまりおいでにならんようだが、まずここへご光来というわけですな。しかし、ここは店ではない」

「では、事務所ですか？」

「正確には何といったらいいか。まあ、仕事場ないし憩い（いこ）の部屋といった方が正確かな」

「こんな薄暗いところで、仕事を？」

高野は私の問いにはすぐ答えずに、紐で束ねた本を足下に据えると、その上にゆっくり腰をおろし、私たちに同じことを促した。

「ご用件を伺っていませんでしたな」

「いや、とくにないんですが……」中島が口ごもった。雨の音がいっそう繁くなったようだ。

「ご友人の南条君あたりの話を聞いて、つまりは探察にこられた」

「探察なんて、私は……」

「喜多さんも、ご探察ですかな？」

「まあ、そういうことですね」

高野はニヤニヤしながら腰を浮かせると、近くの棚に立てかけてある幅三十センチほどの板を本の束の上に置いてテーブル代わりとし、さらに手にしていた紙袋から緑茶や烏竜茶の缶を二つ三つ取り出した。

「賤が家で何もありませんがね。きみたち、食事は済んだんでしょ？」

「――」

「いま買ってきたんだが、ぼくはこれが昼飯なので、失礼するよ」

高野は紙袋から、さらに求肥のパックを取り出すと、板の上にひろげて食べはじめた。

「桃林堂の求肥はおいしいということで」私は呆気にとられ、意味のないことをつぶやいた。

「小村書店の若主人の奥さんは、桃林堂の娘だそうですね」

「秋雨の午後に友の訪ねきて求肥を食うは楽しかりけり、か。ハッハッハ。お裾分けできなくて、申しわけありませんね」

「…………」

私たち二人は、だまって高野の口元を見つめているばかりだった。

「ぼくはね」高野は求肥を口いっぱいに頬張りながら、「これに目がないんですよ。早くから母親を亡くして祖母に育てられたんだが、このばあさんが求肥が好きでね。一つには母親恋しくてピイピイ泣く孫のご機嫌をとろうと、毎日のように求肥を買ってくるんだ。好き嫌いがはげしいので、めしがわりに菓子ばかり食べていた。とくに求肥が好きでね。そのころ住んでいた上野広小路(うえのひろこうじ)には、千年堂(せんねんどう)という老舗(しにせ)の餅菓子屋があって、そこの求肥は天下一品だった。おかげで、ぼくは三日に一度は求肥をやらないと、禁断症状が起きるようになっちまったんだよ」

「へえ、まるでタバコや麻薬のようですね」

中島は、普段の調子を取り戻したようだ。

「そう、菓子は嗜好品だからね。それがぼくにとっては、主食というわけさ」

パンパンと掌についた粉を払うと、残った茶を飲み干した。それを機会に、私たちは立ち上がった。

「お邪魔しました。突然押し掛けて申しわけありません」

「何の何の」高野は気さくに、私たちをドアのところまで送ってきた。

「ここはね、K書店の倉庫だったものを、以前に村田弘集堂という本屋が雑本の整理場所として借りていたんだ。その村田が亡くなったとき、人づてに聞いて書斎代わりに借りてみたわけ。この本はみんな村田が捨てていったもんだ」

「しかし、こんなところが書斎だなんて……。高野さんはご自宅にいい書斎があるでしょうに」

私は先年、機会あって、高野の書斎を見たことを思い出した。それは家事室の一角を書棚で区切ったコーナーで、書架にスペースをとられすぎている高野にとっては、やや手狭なように思われた。

「いや、あそこは落ち着かないし、それに、ぼくには落魄（らくはく）趣味というか荒廃趣味があってね。このようなうらぶれた路地裏で、紙魚の姿を見ながら、地べたを這い回るように知的生産にいそしむのが、好きで好きでたまらないんだ」

私には、これ以上つき合う気はなくなっていた。

「それじゃ、また。六日の笑覧会には出席しますから」

いつの間にか雨は小やみになり、昼過ぎの空には明るさが戻りつつあった。神保町の方角を透かしてみると、ほんのりとした日射しが最近立ち並びはじめた高層マンションの窓々を照らしている。

「喜多さん、中島さん！」

高野の声に振り返ると、狭い路地の奥に蒼白い顔が覗いていた。

「一首できました。音しげき時雨の午後に濡れきたる雁がね二羽の重き足どり。ハッハッハ」

五

十二月六日は肌にほろ冷たい風がすうすうする日だった。定刻前、神保町のS大学修文館ホールの三階会議室には、すでに笑覧会の二十人ほどのメンバーが集まっていた。高野はまだ来ていなかったが、参会者はいずれも古書即売展などで面識のある常連ばかりで、その日も高円寺の即売展から流れてきた者が多いように思われた。いずれも壁際の椅子に座り、たがいに無言で様子を窺っている。各自の足下に置かれたカバンには、本日の出品予定の本が詰め込まれているにちがいない。

S大学は明治後期に専門学校として出発した、法学部を中心とする堅実な学風の大学で、広いキャンパスの一角に創立者小沼忠義を記念する目的で建てられた修文館というホールがある。昭和初期の重厚な造りで、講演や研修用の大きな部屋のほかに、会議用の小部屋がいくつかあるが、二年生以下が八王子の校舎に移ってからは空いていることが多いので、教育関係者に低料金で開放されている。私も数年前になにかの会合で訪れる機会があったが、高い天井に重厚な扉、小さな窓というところに戦前の建物の典型を見るような気がしたものだ。高野は以前にこの学校の講師をしていたことがあるので、たぶん顔がきくのだろう。

三階には三十人くらいを収容し得る小会議室がいくつか並んでいて、その一つが本日の会場となった「楷の間」である。寒い日だったので、部屋を入って右手にある旧式な暖炉には、炎が赤々と揺れていた。無論、装飾半分なのだろうが、都心の学校の建物で暖炉があるのはめずらしく、広い敷地だからこそ許される贅沢ともいえた。

「自分はこういう場所は初めてですからね。勝手がわからなくて……」

隣に座っている中島が、居心地が悪そうに周囲を見回した。中央に大きなテーブルがあって、真ん中に封筒の束と、白紙を細長く短冊に切ったものが置いてある。

「入札用紙かな？　この前の藤間氏のパーティのような、発声方式のほうが面白いのに」

「高野は、ごちゃごちゃとした手続きが好きなんですよ。それよりも、先日の三崎町の件はどう思います？　われわれはバカにされたんですよ」

あの三崎町の秘密めいた高野の巣窟を出た後、私たちはひたすら無言のまま、地下鉄の神保町駅まで歩いたのだった。

「無論、あれは書斎なんかではないでしょう」私は声をひそめた。「落魄趣味だの、荒廃趣味だの、リアリティーには乏しいけど、われわれを煙にまいたつもりなんですよ」

「子どもじゃあるまいし、人をばかにしてますよ」

「そう意気込んでも仕方がないでしょう。私もあれから考えたんですけどね、彼が笑覧会に出すような本や『日本古書情報』に広告するような商品を一時的にストックする場所としても、どうも辻褄が合わない」

「そうでしょうね。笑覧会の方式は、会員から郵送された出品目録に基づいて、高野がガリ版にするだけですから。現物の本は売り手と買い手の直接の受け渡しということになりますから、保管用の倉庫や事務所などは不要です。『日本古書情報』に広告する商品は、多少ストックが必要でしょうが、三か月に一回、百十冊程度の販売目録ですから、自分の家の書庫でもじゅうぶんでしょう。あんなボロ倉庫でも、月に最低三、四万くらいの賃貸料は必要でしょうからね。その程度の冊数を保管するために、いちいち倉庫なんか借りていたら、儲けなんか吹っ飛んでしまいます。彼のやっていることは、いわばセドリですからね」

出版社員だけに、いちおうの計算はしてみたらしい。セドリとは、店舗や即売展に並べられている本のうち、価格的に目ぼしいものを購入し、向きの店へ転売して利ざやを稼ぐことをいう。語源は不詳とされるが、あるとき私が新聞の読書欄コラムにこのことを記したところ、瀬戸内海地方の漁業にたずさわる読者から、祖父の代に沖の本船から収穫の魚を小口で岸まで運搬する艀（はしけ）業者をセドリと称していたので、これが語源ではないかという指摘があった。なお考究を要するとはいえ、語感からいえば船舶に関係のありそうなことばである。

「それは私も考えてみたが、問題はあそこに置いてある本が彼とはまったく無縁のものばかりだということだね。不揃いの年鑑とか、新聞の縮刷版とか、写真集、郷土史なんてところは、普段は手にしないようだからね。収集分野が広いということを語っているようだが、むしろ特定の分野以外には洟もひっかけないところがある」

「要するにそぐわないということですね。しかし、あの場所は彼にとっては知られたら具合が悪いんじゃないでしょうか。いまから思えば、よくわれわれの前に姿を現したものだと思いますよ。だれだって、胡散(うさん)臭いと思いますからね」

「いや、彼には荒廃趣味の前に猟奇趣味というものがあるんだよ。繁華街の思いもかけないような路地裏に、洞窟のような隠れ家があって、そこで古びた万年筆を手に原稿を書いたり……」

「求肥を食したり……」

私が思わず吹き出したとき、横のドアが開いて高野がせかせかと入ってきた。会員の一人を従えている。

「やあ、どうもどうも。師走の土曜日というのは、道路が混むんだね」

スタスタとボードのある上座に行くと、大柄のチェックのコートを脱ぎ、緋色の襟巻を取ると、やおら腕時計を見た。

「十分遅刻か。まあ、日頃の私の精励に免じて、お許しいただけると思います。――それでは幹事の松室君、始めてください」

松室と呼ばれたのは、いま高野に付き従ってきた、三十歳前後の瘦せた男である。よく高野と連れだって歩いたり、車で送ったりしているところを見ると、腰巾着として会の庶務ないし雑用係をつとめているのかもしれない。日ごろ高野は会員に対して目録作成や名簿の整備、発送手続きなどが大変な労力であることをぼやいているようだが、実際にはこの松室が担当しているのだろう。

「たいへん遅くなりましたが、笑覧会を始めさせていただきたいと思います。みなさん、暮れのお忙しいところをご参集いただきまして、ありがとうございました。時間も押しておりますので、早速ですが高野先生にご挨拶をお願いいたします」

四、五人が拍手した。高野は大げさにうち消すような仕草をしながら、

「本日はご案内の通り、わが笑覧会の発足いらい、ちょうど五年目にあたります。おかげで会は発展の一途であり、名物の交換会も本日ここに第十回を迎えるにいたりました。斯様な記念すべき回でありますから、さぞかし各位の賑々しいご出品に恵まれるものと、大いに期待している次第です。また、前後いたしますが、本日は古書研究で知られた喜多さん——探求熱心の喜多さんのご光来を賜り、当会の歴史に錦上花を添えることになりましたのを、会員ともども大いに喜んでいる次第であります」

高野は私の方に向いて、恭しく頭を下げてみせた。

「十回を祝ぐ愛書の集いあり書物の鬼の和み姿よ。……これは本日の即吟ですが、後ほど短冊にして参加者に抽選で謹呈したいと思います。いや、拍手をいただけるほど、たいしたものではありません。——それでは、本日のご挨拶はこのくらいにいたしまして、メインイベントの交換会に移ろうと思います」

一同は無言で立ち上がると、思い思いに鞄から二、三点の本を取り出すと、大テーブルの上に並べはじめた。慣れた仕草である。案内状には参会の条件として必ず何か出品するようにと記されていたので、私も用意した戦前の文庫本を三点ほど並べながら、横目であわただしく他の参会者たちの本を一瞥した。

「かなり出してますね」

中島は、自分では資料本を二冊ほどお付き合いに持参しただけのようだったが、参会者が並べた四十点ほどの本を見て、少しばかり興奮してきたようだ。

「高野は『憂鬱な愛人』を出品しているかな?」

「していなければ、詐欺ですよ」

私から事情を知らされている中島が、吐き捨てるようにいったとき、

「やあ、喜多さん、中島さん」高野が愛想笑いを浮かべながら接近してきた。「いいものを出品していただけたようだな」

「たいしたことはありませんがね」

「いや、いや。この戦前版の新潮文庫でも谷譲次（たにじょうじ）の『浴槽の花嫁』なんか、ありそうでなかなか見つからない。昭和十年の初版だが、別に十五年の戦時体制版があって、収録作品が二篇少なく、ページ数も七十ページほど減っているということは、その辺の古本屋でも知らないことだよ。これは戦時体制版でしょう？」

「その通り、昭和十五年版ですが、内容が初版とちがうことは知りませんでした」

「まあ、古本の世界は奥が深いからね」

高野はしたり顔で頷きながら通り過ぎようとした。

「あの、高野さん、例のあれは……」

「あれとは？　なんだったかな」

「『憂鬱な愛人』ですよ。約束したじゃありませんか」

「おお、おお、そうだった。喜多さんのたってのご要望だから、忘れようとしても忘れることはない。あちらに、ちゃんと出してあるが、お気に召すかどうか。ご覧になる？」

高野は私の返事を待たず、得意げな足取りで暖炉のほうに行くと、自分が出品したものの中から一冊をとりあげた。

「これですよ。『憂鬱な愛人』下巻。昭和六年、第一書房の刊行。一昔前に小檜山書店の均一台から掘り出したものだ。カバーは欠けているが、中身はキレイだと思う」

手に取って見ると、私がすでに所持している上巻とは異なり表紙絵は卵形の枠内に鵞（が）ペンを持った女性の姿が描かれている。判型は同じ四六判だが、厚さは倍近くあって、扉だけに下巻の表示がある。

「いや、カバーなんかなくても構いませんよ。前にもいったように、あくまで資料として欲しいだけなんだから」

「資料ね」高野は細い油断のなさそうな目で私の顔をじっとのぞきこみながら、「資料性ということを厳密にいうならば、カバーつきの美本のほうがいいわけだね」

「はあ？」

私は戸惑いながら、本をテーブルの上に戻した。

「そうでしょう？　喜多さん。本というものにはたしかに資料性はある。しかし、その資料性とは、中身だけあればいいというものではないでしょう。近頃、本をテキストとやらに解体して、文字面だけあればよいとする輩(やから)が増えているが、トータルとしての本の魅力や意義がわからない連中に、文学を語る資格はない。本の資料性は、けっしてテキストだけにあるんじゃない。箱やカバーなどの装幀、紙質、活字の組み方など、同時代の感性や作品そのものの位置を反映しているんだ。テキストだけでいいというなら、すべての文学作品は複写でよいということになる。そういうことをいっているから、出版界は左前になるんだ」

「ご高説の通りだと思いますが、私はこの本で……」

「いや、ほかならぬ喜多さんがこんな半端もので満足してはいけない。それこそ、あなたの沽券に関わりますよ。現にあなたのお持ちの上巻は、これよりも美本の、カバーつきなんでしょう？　もし同じ美本で下巻が入手できれば、それに越したことはないじゃないの」

「ですから、中身だけで……」

「じつはね、喜多さん。この後、第十回にふさわしい記念のイベントがあるんだが」

高野は声をひそめながら、周囲を見回した。すでに他の会員たちは、出品物をひとわたり見終わって、着席しかけていた。

「イベントとは、何か面白い仕掛けでもあるんですか？」

「大あり。本日に限って、この入札のあと、別の貴重本を十点ほど特別に競りにかけることにしているんだ。その中に、私が『憂鬱な愛人』の下巻を、しかもカバーつきの極美本を出品するというわけ」

「ほう、それは結構ですが……」私はあまり関心がなかった。「こちらで結構ですよ」

「しかしねえ」高野はなおもしつこく、「その美本も、記念の特価なんだよ。しかも、ぼくが提供する以上はアッとおどろく廉価なんだ。これです、これ！」

高野は片手を出して見せた。

「五千円ですか？」

「競りだから、もっと廉いところから始めるがね。しかし、振り手と打ち合わせて、喜多さんが五千円と発声したところで落とすようにしておくから」

「しかし、それでは八百長(やおちょう)でしょう」

高野はへの字なりの唇を歪めて笑った。

「うちは古本屋の集まりとはちがうんだからね。あくまでホモ・ルーデンスの集いで、その精神はお遊びなんだよ。本当に競っていたら、貴重本の値段なんかいくらになるかわからないし、それではお遊びにならない。会の趣旨からも外れる。今日の集まりだって、営利とはまったく関係のない、趣味の集いだってことは、みなさん承知して来ているはずなんだからね。もし営利だとしたら、何やらうるさい法律の規制があるでしょう？　古物営業法だったかな？　ここはそんなものに一切関わりを持ちません。あくまでも趣味の交換会なんです。落札値に上限を設けているのも、そんなところにわけがあるんですよ」

「それはわかりますが……」

「もう時間だから、またあとで打ち合わせましょう」高野は司会者に合図を送りながら、早口にいった。「ものは相談だが、じつはこの下巻だけの『憂鬱な愛人』は、会員の中に一人、どうしても欲しいという者がいるんですよ。そこで、入札のさいにはその会員に譲って欲しいんです。そのかわり、完本のほうは喜多さんが必ず落札できるよう、手を回すから。だいたい松岡譲なんて、このメンバーの中で欲しがるような者はいませんよ」

「――」

高野は、呆気にとられている私の肩をポンと叩くと、自分の席に着いた。司会者が待ちかねたように立ちあがった。

「それでは、入札に入りたいと思います。出品総数は四十二冊です。書名にダブりはありませんので、お配りする用紙に簡単に書名と入札値を記入し、二つ折りにして本の上にある封筒に入れてください。筆記具は万年筆を避け、鉛筆でお願いします。当会の規定として、三千円が上限です。各自の出品にはあらかじめ最低金額、つまり止め札が記入されていると思いますので、その価格から三千円までの入札値となるわけです。最高値が二人以上重複した場合は、抽選にいたします」

一同は思い思いに記入しはじめた。

「どうも、こういうのは苦手だなあ」

中島はぼやきながら、ベストのポケットから取り出したメモ用紙に、入札値を書いたり消したりしている。お目当ては昭和三年刊の横瀬夜雨(よこせやう)『近世毒婦伝』らしい。相場では数千円だが、ずっと廉く落とせるかもしれないのだ。

私は『憂鬱な愛人』に上限の三千円を入れた。高野の言を信じて完本のほうを狙うにしても、いちおう保険のつもりで入札に参加しておくのは当然という気がした。

「ええ。皆さん、入札は済みましたか。……それでは開票に移ります。最初の一冊は竹内(たけうち)さんの出品で、改造(かいぞう)社版『世界大衆文学全集』の第七十九巻『赤狼城奇譚(せきろうじょうきたん)・失踪夫人』。昭和六年の配本で、比較的少ない巻ということでしょうか、止め札が五百円。ええと四人の札が入って七百円、七百五十円、八百円と来て、最高値が……三枝さんの千円」

「ありがとございます」

三枝という会員がペコリと頭を下げた。一座から、かすかに失笑が漏れた。

「落札した方は、こちらへ来て代金を払っていただきます。次は……」

司会者はテーブルを右へ右へと移動しながら、順に開票していく。見ていると、高野が半紙を綴じた帳面を取り出し、鉛筆で出来高を記録している。

「山帖まで用意して、あれは自分がプロを演じているつもりなんでしょうね。いよいよ古本屋そのものだ」

中島が呆れる中を、競りのほうは手際よく進行していく。それはいいのだが、どうやら御大である高野の出品は一番後回しになるようだ。「トリ」のつもりなのだろうか。私はイライラしてきた。

「悠長なことだね。これは時間がかかる」

「いや、これが楽しみで来る人も多いんでしょうよ。札が一人だけとか、まったく入らない本もあるようだから、それほど時間はかからないでしょう」

しかし、意外に同値札の競合が多く、そのさいの抽選は非能率な阿弥陀くじ方式なので、高野の本にたどりつくまでに、たっぷり一時間が過ぎてしまった。私の文庫本は、三冊とも高野以外の入札がなく、しかも止め札の三百円で落札されてしまった。他のメンバーの出品物も、心なしか高野が入札したものは競合が少ないような気がした。

「さて、いよいよ高野先生の分を開票させていただきます」司会者が一段と声を張り上げた。

「最初は大正四年『婦女界』付録の双六（すごろく）『新案遊戯飛行競争』が止め札二千円、次が明治三十九年の森林太郎（もりりんたろう）『ゲルハルト・ハウプトマン』が止め札千五百円、昭和十年の夢野久作（ゆめのきゅうさく）『近世快人伝』が止め札二千円、そして最後が松岡譲の『憂鬱な愛人』下巻で止め札二千五百円。いずれも珍しいものばかりで、札がたくさん入っていますが、開票します……」

「あ、ちょっと待った！」高野が片手を挙げて制した。「このぼくの出品物だけはわがままを許してもらいたいんだがね、見ればほかの出品よりも札が多くて、たぶん抽選のケースも出てくると思うが、もうだいぶ時間が経ってしまって、本日は別のお楽しみもあるということから、今回に限って同値の多い場合はぼくに嫁入り先の決定権を与えてもらいたいんだが、どうだろう？」

ちょっとのあいだ沈黙が支配した。私は抗議しかけたが、一人が大声で「賛成」を唱えると、数人がこれに和すという状況に沈黙を余儀なくされた。

「ご同意をいただいて、ありがたい。それでは決定します」高野は大きくふんぞり返るような姿勢で入札値を見比べながら、「みな最高値をつけてますな。その中から、ええと……『新案遊戯飛行競争』は長尾（ながお）さん、『ゲルハルト・ハウプトマン』は篠田（しのだ）さん、『近世快人伝』は伊沢（いざわ）さん、そして最後の『憂鬱な愛人』下巻は日頃幹事役としてご苦労をかけている松室君に、ご苦労さまの意味もこめてお譲りしましょう。きみも長いあいだ、上巻だけしか持ってなくていらしていたからね。今日でめでたくカップル誕生というわけだが、しかし、ほかにも独身をかこっている会員が多いということを忘れては困るよ」

松室は照れくさそうにチョコンと頭を下げると、本を拝み取りした。それを傍らにいた会員の一人が、ちょっと見せてくれというように手にとると、ページをめくりながら感に堪えたように大きくうなずいている。

あまりにもバカバカしい光景に、中島は忍耐の限界に達したらしい。

「こんなひどい話があるか、滅茶苦茶だ。異議あり！」

と腰を浮かしかけたが、高野もさるもの、その罵声が聞こえないふりをした。

「では皆さん、いかがでしょう。ここらでティー・ブレイクとしますかな。松室君、皆さんにコーヒーと紅茶のどちらがいいか聞いてから、下のマリンバに注文して。ぼくは抹茶とお菓子がいいな。求肥があるかどうか、聞いてみてください」

参会者は、さっさとテーブルの上を片づけると、椅子を並べだした。機先を制せられた格好の中島は、高野をにらみつけながら周囲に聞こえよがしにいった。

「何ですか、ここの会員たちは。羊の沈黙とはこのことですね」

「仕方がない。ここでは彼はワンマンだからね。そのうち隙(すき)を見せるさ」

「イベントとはどんなことをするんでしょうか？」

私は小声で制すると、高野の傍に歩み寄った。

「高野さん、大丈夫でしょうね」

「大丈夫って……ああ、『憂鬱な愛人』ね。競りだから、タイミングを間違えないようにすることだね。大沼君が止め札の値段から五百円刻みで値を上げていくから、たとえば千五百円といったら間髪を容れず二千円と発声する」

「むずかしいですね。私には古書店の真似はできませんよ」

「いや、やろうと思えば、だれにでもできる。そういう体験をするだけでも、当会に入る意味があると思わないかね」

「入会は、今日の収穫次第ということにしましょう。まだ一冊も獲物がないんですからね」

「おや、それはお気の毒」高野はニヤリとした。「しかし、競りの発声はなかなか出ないというのも、たしかだろうね。考えとくよ」

喫茶店の出前が二人がかりでコーヒーと紅茶、それに高野のためのお茶を運んできた。

「灰皿がないな」

中島がつぶやきながらタバコを取り出した途端、高野の甲高い声が飛んだ。

「申しわけないが、ここは禁煙！　万年筆とタバコはご法度というのが、笑覧会の規程なんで。厳しいと思うかもしれんが、古本屋の入札会もそんなもんでしょ？」

中島は求肥をパクついている高野をにらみつけながら、しぶしぶタバコを引っ込めた。

「さて、松室君、今日は所用があるそうだが、もう退がっていいよ。あとのイベントは会の催しというよりも、ぼく個人の道楽だからね」

「やむをえない用事がありまして、申しわけありませんが、お先に……」松室は高野にとも、参会者にともつかない方向に頭を下げながら、高野の後ろの壁ぎわにある平台のようなものを指さした。上は白布で覆われている。

「あれは用意できてるね？」高野はその白布を鋭い目で見た。

「はい、例のものはここに用意しましたので、よろしく……」

松室が『憂鬱な愛人』を手に退席するのを、高野は無表情に見送っていたが、一同の注目が自分に戻るのを測っていたかのように、ゆっくりと立ち上がった。

「さて、本日ご来会の皆さん、お楽しみはこれからというところですがね、入札会の連チャンというのも気がきかないので、競売方式で覇をきそっていただくことにいたしました」

「待ってました！」

いっせいに拍手が起こる。内々にこのイベントは知らされていたらしい。

「ご期待に副えるかどうかわからんが、本日のためにこの半年間かけて私が鋭意収集につとめて参った結果が、これからお目にかける十点です。笑覧会にふさわしい出品として、せいぜいご注文を賜れば幸いです」

ここで平台と見えるものに向かうと、芝居気たっぷりな仕草で白布をサッと引いた。ガラス張りのショーケースが現れた。前もって用意させておいたものらしい。

「――」

一同は立ち上がった。すでに近くの数人は、ショーケースに駆け寄ろうとしている。

「ちょっと待った！」高野は意外な大声をあげた。「ここは即売展じゃないんだから、秩序正しく願いますよ。五人ずつ順番に内覧といきましょう。時間は一分ずつ」

「そりゃ酷ですよ。手にとらせて、よく見せてください」

一人が抗議した。

「ご要望にお応えしたいが、見ていただけばわかるように笑覧会の皆さんにとっては定番の本ばかりを揃えたつもりだ。オール初版、しかも程度はすべて美本あるいは極美です。ぼくが精魂こめて選びまくったのだから大丈夫。信用してください。古本屋とちがうということを忘れては困るよ」

一同は苦笑しながら、五人ずつショーケースの前に進んだ。すぐに私たちの番が来た。

「これは、まったく古本屋ですね」

少し前にトイレに立った中島が、息を切らしながら戻ってくると、私の耳もとで囁いた。

小ぶりのケースは二段になっていて、上下に五点ずつの本が整然と並べられ、それぞれに黄札で刊年と底値が記されている。目当ての『憂鬱な愛人』下巻は下の段の右隅にあり、二千五百円という底値が記入されていた。厚さは三センチ弱のようだから、多分六百ページ前後であろう。なるほど極美本で、鵞ペンを持つ女性を描いた四色のカバーは、ほとんど経年変化が見られない。丁寧にパラフィン紙で覆われた本が、背表紙の見えるように立てかけられているのを見た途端、私はかつて経験したことのない激しい収集欲に駆られた。前述のように、この本は扉にしか上下巻の表示がないので、カバーだけ見たのでは区別がつかない。そのためか、ショーケース内の本は扉が見えるように心持ち開き気味にして、立て掛けてある。のぞき込んでみると、たしかに『憂鬱な愛人』下という文字が読めた。この下という一字のために、今日この場へのこのこやって来たのだと思うと、いても立ってもいられなくなってきた。およそ片割れの本の一方を探求している者にとって、このような瞬間ほど切なく、口惜しいものはないのである。

そのほかの出品物は、私にはどうでもよいものばかりだったが、いちおう吉行淳之介の『闇の中の祝祭』、田中英光『酔いどれ船』、福永武彦『世界の終り』、武井武雄『本とその周辺』、アンリ・トロワイヤの怪談を澁澤龍彦が翻訳した『共同墓地』などが目についた。多くは私の知る限り一万円前後の古書価であるが、いずれも初版で美本かつオビ付きであることが強調されている。なかには署名入りをうたっているものもある。底値は二、三千円程度であるが、落札値はその倍以上にはなるにきまっている。これらの本を高野がいつ仕入れたかは不明だが、損はしないという計算があるのは間違いない。

しかし、『憂鬱な愛人』下巻はどうか。地味ながら戦前の刊行に属し、上下揃いなら文学書の専門店で一万数千円以上の高値がつくことは間違いない。いくら半端でも、下巻はキキメ（部数が少なく、揃いにくい巻）であるから、底値二千五百円というのは、高野が以前によほど廉く入手したということなのだろうか。この安値によって競争者が殺到するか、あるいは下巻だけでは仕方がないと引き下がる者が多いか……。

「はい、喜多さん、もう制限時間いっぱいですよ」

高野が私の不安を読んだかのように、薄ら笑いを浮かべながら近づいてきた。最前から、私が首を伸ばしてショーケースをのぞきこんでいるのを観察していたのだろう。

「これはとくに廉くつけましたね」

「大サービス。喜多さんが欲しがっているし」

「しかし、これでは全員が競ってくるんじゃないですか？」

「大丈夫、この連中には松岡譲の価値なんてわからないから、乗ってくるわけがない」

「もう一つ伺いたいのは、ほんとうに上限は五千円なんですか。信じられませんが」

「本によってちがうが、この本は下巻だけだからね、古本屋とちがって、ぼくは足下を見るようなことはしない。あくまで五千円だ」

「しかし、そうすると十人ぐらいは乗ってきそうですね。私なんかおとなしい方ですから、体育会系の愛書家が猪突猛進してくると、到底太刀打ちできません」

「まあまあ、ご謙遜を」

「いや、謙遜じゃありませんよ。頑張っては見ますがね」

「こちらも、よく考えているからご安心を。――さて、皆さん内覧は済みましたか」

会員たちはボソボソ話しながら、席についた。みな一様に無表情だが、出品の本に興味を抱いたことはたしかだ。極稀本ではないにしても、いちおう名の通った古書を、市価の五、六割、しかも状態のよいものを入手できるのである。私は、ほかにだれが『憂鬱な愛人』を狙いそうか、一渡り顔ぶれを見回したが、まったく見当がつかなかった。いくら本好きでも、その本が自分に関心のないもので、しかも下巻だけという場合にどれほど乗ってくるものだろうか。

中島がささやいた。

「喜多さん、どう思います？　いかにも思わせぶりですね」

「どうもからかわれているような気がするね。しかし、競りに参加するよりほかはなさそうだね」

「自分も欲しい本があるんですが……」

いいかけたとき、高野がパンパンと手を叩いた。

「さあさ、皆さん、そろそろ待望の競りに入りたいと思いますが、その前に本日の振り手を大沼君にお願いしたいと思います。ご異議はありませんかな？」

「異議なし！」

またもや、間髪を容れずに唱和の声があがった。中年の痩せた商店経営者のように如才ない男が立ち上がって一礼すると、さっさと正面の座についた。

「大沼です。高野先生の歌会の末席を汚しておる者でございますが、本日はからずも振り手の大役をつとめさせていただくことになり、恐懼（きょうく）感激いたしておる次第です。最初にルールをご説明申しあげます。形は競りでございますが、慣れないとむずかしいようでございまして、ご来会者のなかにはかけ声が出ないという方もいらっしゃるようでございますので、本日は新しい試みを導入させていただきたいと思っておる次第でございます」

何事ならん、と一同が固唾（かたず）をのんで見守るなか、振り手は用意してきたズック袋の中身をテーブルの上にぶちまけた。

「なんだ、あれは？」中島が身を乗り出した。「旗じゃないか？」

団体旅行などで参加者に目印に持たせる三角形の小旗だった。青色に白く「晨風社（しんぷうしゃ）」とあるところを見ると、高野が年に一回催している吟詠旅行に用いているものにちがいない。参会者全部に持たせるために、二十本ぐらい用意したのだろうか。

「なんだ商売もんじゃないか」中島がつぶやいた。

「ご覧の旗でございます。これが本日の趣向でございまして、まず競りが始まりましたら、本を落札ご希望の方はこれこのように旗を、あたかも中世城門の警邏兵（けいらへい）のごとくに前方へ突きだしていただきます。ハイ、そんな要領でございますね。そのまま、しっかり、そうやって突きだしていただく間に、私のほうで三千五百円、四千円という具合に呼び上げて参りますので、皆さまがこれ以上は出せないとお思いになった時点で旗をパタンと落としていただく。そう、それでようございます。上限はあらかじめ申しあげてしまうと興が薄れてしまいますので、伏せておきます。なんと、簡単なルールでございましょう？」

笑声が上がったが、中島は不安そうに身じろぎをしはじめた。

「ぼくは声なら負けないから、発声で競ったほうがいいですね。こんなやり方だと、一度挙げた旗は降ろしにくいというか——結果的に希望者がたくさん残ってしまうんじゃないでしょうか」

「うーん、そこが高野のねらいかな」

旗が回ってきた。私はその中から、適当な一本をとって開いてみると、目立たないところに旅行代理店の名が印刷されているのに気づいた。

「それでは、永らくお待たせいたしました。いよいよ笑覧会の名物、パタパタ市を始めさせていただきます」

振り手が宣言すると、その背後にいた高野が無言でショーケースの引き戸を開け、最初の一冊を取り出す。それを受け取った振り手は、本の上部を指三本でつまむようにすると、参加者のほうにズーッと半円形を描くように示した。

「ええ、吉行淳之介の『闇の中の祝祭』、昭和三十六年の初版、こんなに極美でカバー、オビつき、底値が三千五百円！」

ハナ声は、意外にも競りの場数を踏んだ者の錆び声であった。テーブルの両側から、大の男たちがいっせいに青い旗を突き出した。だれもが真剣な表情だけに、それは一種の奇観といえた。

「ええ、四千円、四千五百円……、戦後も遠くなりにけり、そのかみ新人いま大家、いまにお札（さつ）の大文豪、五千円じゃきかないよ、五千五百も六千も、はたまた七千夢の中、なにしろ極美のカバーつき、七千五百もなんのその、八千円でも廉いもの……」

あちこちで、パタパタと旗が落ちた。一座は爆笑に包まれる。

「つきあいのいい兄さんが、九千円なら出そうかと、財布のひもをゆるめれば、どっこいそうはさせまじと、九千五百に乗せてくる、それでは昭和の文豪に、失礼、無礼、最敬礼、一万円を束ねても、買っておきたい書棚の定番」

一度にパタパタと旗が落ちて、ぼんやりと旗を突き出しているのは一人だけになってしまった。再び笑い声が起こった。

「ハイ、それでは――向井（むかい）さんでしたね。『闇の中の祝祭』、一万円のお買いあげ！」

振り手は、落札された本をポーンと相手に放り投げた。拍手。

「いや、どうもどうも」高野は満面に笑みを浮かべながら、「じつは、その本は一万一千円が上限だったんだよ。いい線いってたね」

一同は再び喝采した。

「どうも、けしからん」中島は憮然としながら、腕を組んだ。「『闇の中の祝祭』が一万円では、古本屋値段と大差ないじゃありませんか。それに、あのやり方では高値がつくにきまってますよ」

「そういうことだな。こうなると、『憂鬱な愛人』も危なくなってきたね」

「いまのうちにずらかったほうが、いいんじゃありませんか？」

「それも尻尾を巻くようで、沽券にかかわるね。正直のところ、折角ここまで来たんだから何とかして手に入れたいな」

「しかし、相手は海千山千ですよ」

「こっちにも考えがあるさ」

競りは進行していた。『世界の終り』の落札値が限度いっぱいの七千円、『酔いどれ船』が一万円、『本とその周辺』が九千円という、通常の笑覧会から見れば明らかに過熱相場と思われた。それでも参会者たちはみな楽しそうに青い小旗を突き出したり、大げさにため息をつきながらパタッと落としたりしながら、笑い興じていた。私は最近、ほかにもこのような競りを真似た集まりが出来たという噂を思い出した。みな楽しんでいるのだ。抗議を申し入れる余地など、まったくなかった。

「さて、いよいよ最後は本日のメインイベント、松岡譲の『憂鬱な愛人』下巻だよ。松岡大人は人ぞ知る、漱石の長女筆子の亭主だよ、ところがここにお立ちあい、松岡大人の恋敵、名うての策士で文壇政治家、かの通俗作家久米正雄、あることないこといいふらせば、哀れなるかな松岡大人は、稀代の悪人、女たらしとさげすまれ、思えばくやし文壇追放、漱石一家にまつわる悲劇、思いあまってそのいきさつを、みずから暴露したものは、ここにあります『憂鬱な愛人』下巻、版元はいわずと知れた長谷川は巳之吉率いる第一書房、これを知らぬはモグリだよ、さあお立ち会い、ほれぼれするよなこの格調、いずれ名のある画家の腕、よりをかけたる装幀と、それにも増したる特徴は、新品同様の極美本、愛書家垂涎のこの本が、なんと二千と五百円……」

私はあわてて手元の旗を手にして、グイと前方に突きだした。全員が釣られたように、私にならった。いけない……。

「それではいよいよ参りましょう、まいりましょうは伊勢神宮、そうでありまの水天宮、お三さまに願かけて、賽銭はずんで二千と五百、それでは足りない三千円、買ってみてくれ三千五百、買わない客は本屋が困る、売れない作家は版元が困る、やっと売れたか四千円」

大半の旗がパタパタと落ちたが、五本は突き出されたまま……。あぶない。

「おやおやどうする四千五百、とうとう出たか――」

「五千円！」

私は思わず立ち上がっていた。中島も後に続いた。

私のほかに旗を上げていた五人は、そのままの姿勢で口をあんぐり開けている。他の一同も凍りついたような表情になっている。

そのまま数秒が経過した。どこからかフワッ、フワッというような声が聞こえてきた。それが必死に笑いをこらえる声と一同にわかるまでに、一瞬の間があった。

「ハッハッハッハ」

ついに、高野が身をよじるようにして腰を浮かすと、テーブルに両手をつきながら堰を切ったように笑い出した。私たち参会者は、ただ手をつかねてその発作を見守るしか術がなかった。

「いや、申しわけない」ようやく発作が収まった高野は、眼鏡をふきながら、「皆さんの書物への情熱が、あまりにも熾烈なもんで……。とくに喜多さん、あなたの行動は〝一静もって百動を利すべし〟ということばにふさわしく、失礼ながら感服つかまつりました」

六

呆気にとられるとはこのことで、参会者は高野がいったい何をしようとしてるのか、皆目見当がつかなかった。現に、いまだに旗を掲げている者もある。

「申し訳ない。皆さんにお詫びしなければならないんだが、その本はあらかじめ五千円を上限ときめさせていただいております」高野は黄色い値札の裏面を示した。たしかに彼のいう上限値が記されていた。「もっと早く声をかければよかったんだが、あまりに白熱した空気に、こちらの発声が困難になってね」

ジョークのつもりなのだろうが、だれも笑う者はなかった。かすかに、暖炉の火がはじける音がした。

「さて、問題のこの本だが……」高野は『憂鬱な愛人』を手にとると、大げさに目をしかめながらページをパラパラとめくった。「ご承知の通り、これは下巻のみで、さきに出たカバーなしの本と同様、さほどの価値があるものではありません。しかるに五人の諸君には、最後まで気前よく競りに加わっていただいた。感謝しておりますが、正直いって、そんなに欲しい人がいるとは思わなかった。そうと知っていたら、もっと高くつけとけばよかった」

あちこちで失笑が聞こえたが、すぐに静まった。

「それはそれとして、ここで本来ならば落札者をきめる抽選にしなければならないんだが、さきほどと同様に、嫁入り先をぼくに一任していただけないだろうか」

「………」

「そりゃ、余分があれば全員におゆずりしたいところだが、本日この場ではじめてこの本のことを知った方もおられようし、年来必死に探求されていた方もあるはずだ。そこにハンディーをつけさせてもらっても、大きなご異論はないんじゃないかな。機械的な抽選は、古本屋のやるところで、ぼくは古本屋じゃないんだからね」

「…………」

「だれが探求しているか、していないかはぼくにはわかってます。じつはこの本は過去一年ほどの間に、昨年の当会の目録に二度ほど掲載しているんだが、だれ一人注文がなかったんです。それに反して、ぼくは最近知ったのだが、喜多さん、あなたは会員じゃないので目録を見ていないわけだが、ぼくの知る限りあなたの本書へ寄せる探求の情熱は、並大抵のものではないと知ったのです」

一同が一斉に、戸惑うような視線を向けてきた。

「ぼくがあなたから、この本を研究用に欲しいといわれたのは一か月ほど前のことだが、そのときぼくはすぐにでもお譲りしたいと思いました。下巻だけが二冊もダブっているんだからね。社会奉仕の観点からも、放出は当然ですよ」

私はいらいらしてきた。いったい何を言わんとしているんだろう？　本を寄越すのか寄越さないのか。

「しかし、そのときには、目録は印刷に回ってしまっていたんです。校正も終わっていた。適当な理由を考えて引っ込めることも考えたが、それでは古本屋と同じになる。よく考えてみると、あなたのほかに『憂鬱な愛人』を、それも下巻だけを探求しているような人はいないはずだ。出品すれば、あなたの独走になるにちがいない。そうぼくは踏んだわけです」

「……………」

「競りに加わっていただいた皆さん、申しわけない。ここはぼくの真意を理解して、今回だけの特例として、この本をぼくの推薦する方、つまり喜多さんに譲ってあげていただけないでしょうか？」

一同は黙りこくっている。私は一言いわざるをえない仕儀となった。

「高野さんのせっかくのご厚意ですが、ルールはあくまでルールですから、このまま私がいただくわけにはいきません。欲しい本だが、そうまでして頂戴いたしましても、かえって寝覚めが悪いです。きちんと抽選にしてください」

何人か、うなずく者もいた。その一人、丸顔の温厚そうな中年の会員が立った。根本（ねもと）といって、保谷（ほうや）市で私塾を開き、ペスタロッチ資料の収集で一部に知られている。

「やはり、抽選にすべきでしょう。その本に対する熱意は、客観的に測ることはできないし、多年探求したといっても必ずしも昨日今日の探求者に優るという根拠もないのでは……」

高野は露骨に不快そうな顔で腕時計を見た。これは彼の癇癖が生じかけた兆（きざ）しであることを、私は知っていた。

「それは理屈に過ぎない」たったいままでの上機嫌がうそであったかのように、甲高い怒声であった。「古本屋の理屈さ。ぼくはだれがどれほどの熱意で、どのような本を探求しているのか、こういってはなんだが、その内側までわかってるつもりなんだ。古本屋にはそんなことはわからないから、機械的な抽選にするほかない。あなたには、長年探していた本が、横合いから女子学生に掻っさらわれるというような厳しい体験をしたことがないのかね？　抽選が悪平等だということを考えたことがないのか？　ぼくはね、ぼくに敵対感情をもっている一部の古本屋が、ぼくが注文主と知るや最初から抽選に加えないということを知っているんだ。ここは、古本屋じゃないんだよ」

「そんなことはわかってます」根本は真っ赤になって叫んだ。「それとこれとは関係ないじゃありませんか。私はただルールに則って始めたゲームなら、ルールに従って解決してほしいといっているんです。古本屋がどうのこうのという、あなたの勝手な理屈は問題にならない」

「勝手な理屈とは何か。これはぼくの古本哲学である。そう簡単に決めつけられては困る。ぼくはぼくの古本哲学に従ってこの笑覧会を運営しているのだし、それは会員である以上、承知してもらっているはずだ」

「そんな哲学なんか知ったことじゃない。哲学にもならない哲学、ルールにもならないルールを強制されるんなら、たったいま会員を辞めます！」

「ああ、お辞めになって結構。あなたは笑覧会にふさわしくないのでは、と思っていたところです。ちょうど今年度分の会費が切れるころだ。いつ辞めていただいても差し支えない」

「辞めますよ、辞めますとも。こんなところに頼まれてもいてやるものか！」

　根本は席を蹴るようにして、一同に背を向けようとした。

「ちょっと待ってください！」私は根本を制しながら、高野のほうに歩み寄った。「高野さん、それはいけません。繰り返すようですが、ルールはあくまでルールですから、このまま私がいただくわけにはいきません。欲しい本だが、そうまでして頂戴いたしましても、かえって寝覚めが悪いです。きちんと抽選にしてください。もし、そうしていただけないのなら、私は権利を放棄します。本は要りません。さらに、今日のイベントはすべて終了したと思いますので、ここで失礼させていただきます」

　高野は露骨にいやな顔をした。それは、飼い犬に手を嚙まれたという表情であることは疑う余地がなかった。

「しかし、喜多さんはこの本が欲しいんでしょ？」

　信じられない、不思議でたまらないといわんばかりの表情だった。その鈍感さに、私は激しく苛立った。いままでにも本が欲しいために妥協したり、我慢しなければならなかったり、いろいろ経験してきたつもりだが、これはひどすぎる……。

「じゃ、私はこれで失礼します」

　私は高野のお株を奪ったような捨てぜりふを吐くと、中島を促してその場を立ち去ろうとした。

「待った待った！　待った！」

日頃は甲高く、むしろ細い声の高野にしては、おどろくほど野太い、ドスのきいた声音だった。私と中島の足が、一瞬ストップモーションのように止まってしまったのも、この場合やむをえなかったといえよう。

「冗談、冗談！　これまでのすべては冗談。きみたち、冗談がわからないの？　参ったなあ。からかうという気は毛頭なかったんだが、結果としてそういうことになって、申しわけない。この通り、謝る」

高野が瞬時に、まるで別人格のように変わってしまうことは私も何度か経験したことがあるが、このように強欲おやじが突然好々爺（こうこうや）に豹変するような場面は初めてだった。参会者も同じ思いだったようだ。一拍か二拍の沈黙の後、あちこちで失笑が漏れ、戸惑いと同時にホッとした空気が流れこんだ。

「それじゃあ、スラップスティック・コメディーは終わり」高野は洒々（しゃしゃ）といい放つと、チラと時計を見た。「時間もないし、早速抽選といきましょう。また阿弥陀とは知恵がないが、大沼君、六人分のを作ってくれる？」

競りが奇妙な事情で中断されてしまったせいか、大沼は怒ったような表情で立ち上がると、さきほどの抽選に用いた用紙の裏にサインペンで手際よく線を引き始めた。最初にタテ線を六本引いて、そのところどころに梯子のように横棒を引いていく、かわり映えのしない阿弥陀クジの形である。

「――」

横にいた中島が、目立たないように私の肩を押して注意を喚起しようとした。その前に私も気がついていた。大沼が紙の下半分を折って隠そうとした直前に、当たりを記した個所が見えてしまったのだ。

それはまったくの偶然だった。他の五人の競争者はいまだに席についたままであったが、私は中島とともに高野に抗議するために前に進み出ていたのである。その位置からは、六本程度のクジなら仕掛けを見破ることは容易だった。大沼は一番右下にアタリの○印をつけたのだが、私の目はそれを素早く逆に辿っていたのである。右から三番目の枠を取れば当選なのだ！　大沼が紙をボードに貼り付けるのを見ながら、私は思わず動悸が高まるのを感じた。

「さあ、順不同でいいでしょう。喜多さんから引いてください」

五人が立ち上がった。私は一瞬ためらったが、中島にグイと押されてボードの前に歩み寄った。大沼から渡されたサインペンを手にしながら、それでもなおためらいがあった。良心の躊躇というほどではないが、ある種の自己嫌悪のようなものを感じたのである。ここは、あえて別の枠を選ぼうか……。

「ちがうでしょう？　右から三番目ですよ」

ここに及んでなお逡巡している私に向かって、中島が低いが強い声で促した。彼もアタリ枠をはっきり見ていたのだ。

「まあ、このあたりかな」

私は照れかくしに呟きながら、三番目の枠に「喜」と記したが、少々震えた字になってしまった。ライバルたちも近寄ってきて、それぞれの名前を記入した。

「さあ、本日最大のメインイベントだね」高野の顔は輝いている。「意外な激戦区となった『憂鬱な愛人』下巻、果たして何人の手に落ちるや。大沼君、下を開いてください。それから、右の枠から順に一人一人確認してください」

高野が枠を順になぞるプロセスを楽しみたかったのは明白だが、相変わらず不機嫌な顔のままの大沼は、紙の下半分を開くと、いきなり○印の個所から逆にジグザグの線を引いて、「喜」の枠までの太い線を記入してしまった。

「なんだ、大沼君、それじゃあ面白みがないね」高野はちょっと鼻白んだが、大沼の不機嫌なことに気づいたのか、それ以上は追及しなかった。「おめでとう！　喜多さんのアタリ！やはり本というものは、収まるべきところに収まるもんだね」

私はライバルたちの顔を正視することができなかった。顔にじっとりと汗がにじむのを感じたのは、暖炉の熱のせいばかりではなかった。いまさら「当たりの個所を盗み見てしまった」とはいえない。「事情があって権利を放棄します」というのはどうか。じつは、ここまできて手放すのは惜しい、残念だという気持ちのほうが強かった。それに相手は高野である。

私がこのうえ何かいい出せば、座をいっそう混乱させることになりかねなかった。

「いいじゃないですか」中島が私の逡巡に気づいたのか、小声でいった。「古本は天下の回りものですからね。読み終えたら、あとで笑覧会の目録に載せたらどうですか」

そうだ、それがいい。私は急に気が軽くなった。

「高野さん、だいぶ振り回されましたが」私は皮肉のつもりだった。「ようやくお譲りいただきました。ええと、落札値は五千円でしたね？」

財布を取り出そうとしたが、高野に押しとどめられた。

「ま、ま、そう急かずに、ちょっとお座りください。食い逃げということはないでしょう」

「食い逃げ——？」

私は絶句したが、渋々と空いている席に腰をおろした。

「もう帰りませんか」中島が小声で促した。「こんなところに用はない」

時刻はすでに四時半をまわっていた。

「うん、……本をもらってからにしようか」

「それもそうですね」

やましいところがあるので、私は優柔不断になっていた。あとで考えると、これが間違いのもとだったのである。

「本日のイベントはこれにて終了！」高野は両手の掌を示してバンザイの格好をした。「もう、タバコを吸っても結構。喜多さんの本には、パラフィン紙のカバーを付け替えてお渡しします。まだ会場の残り時間があるので、最後にまたコーヒーを飲んで歓談しましょう。ぼくは求肥の連チャンがいいな。——コーヒーがくる間に、最初にお約束した短冊を書いてさしあげます。これはいまの『憂鬱な愛人』の選に漏れた五人の会員に謹呈することにします。よろしいかな？」

参会者たちは、モゴモゴと賛意を表した。

「それでは、そういうことで」

高野は正面に座るとカバンから紙包みを取り出した。中には数枚の短冊が入っていたが、その一枚を手にすると、やおら筆をとった。トイレに立つ参会者たちが、高野の背後を通り過ぎながら、チラと色紙をのぞき込んでいく。かなりの能筆家で知られる彼の色紙は、会員間では人気があるようだ。見られていることを意識してか、妙にそわそわと落ち着かず、時折り胸を反らすようにしながら筆を運んでいたが、一度書き損じて癇癪を起こしたらしく、舌打ちをしながら短冊をベリッと破ると、包装紙といっしょに暖炉に放り込んだ。大沼が火搔き棒で炎を調節する。

最前のマリンバという喫茶店の出前が入ってきた。コーヒーの香りが室内に満ち、会員たちの中には紫煙をくゆらす者もあって、思い思いの古書談義に興じはじめた。私と中島は周辺の会員たちと古書店主の月旦に興じていたが、そのうちに何気なく高野のいる方に目をやった。

「おや、御大はどこへ行ったのかな？」

座には書き上げた短冊が置いてあるだけで、高野の姿は見えなかった。私は素早く室内を見回したが、高野の特色である大きな鼈甲縁の眼鏡も、きれいに撫でつけられた薄い頭髪も、すぐには目に入らなかった。

「おかしいな。部屋を出ていくところは見なかったが……」

「あそこにいるんじゃないですか。いま入っていくのを見ましたよ」

私がキョロキョロしているのを見て、中島が部屋の一隅を指さした。

そこは私のいる位置からは右手にあたる部屋の窓の隅で、木製の無骨な衝立が置いてある。首を伸ばして見ると、その陰に高野がいるのが見えた。

「……………」

そのとき、私が何か悪いものでも見たように、身体が竦んでしまったのも無理はない。高野は窓辺に寄り、こちらに横顔を見せながらカーテン越しに外の風景を眺めているところだった。そこは西側で、のっぽの東京古書センタービルをはじめ、神保町二丁目の奇数番地区が灰色の裏側を見せている。夕日が雲間から漏れて、その向こうの靖国通りを越えた一丁目の偶数番地区の小黒い建物の群に、鮮やかな光を投げかけている。

高野の額や尖った鼻、痩せた頬には夕日の赤く滲んだような色が斑に染め出されて、それが表情全体に暗い狡猾そうな印象を加えていた。その上に普段はへの字なりに結ばれている薄い唇がだらしなく緩み、やや受け口の歯が覗いていた。一瞬の間にその口が横に大きく裂け、皺がこめかみの隅まで一杯に広がった。目尻のところにある大きな血管が皺の中に浮き出る様子が、かなり離れた私の位置からもはっきりと見てとれた。それが笑いの表情であると知ったとき、私は名状しがたい不吉なものを感じた。

ほとんど同時に、高野はだれかに見られていることに気づいたものか、さっと振り返った。不吉な表情は拭ったように消えていた。私は夢からさめたように呆然となった。いまの瞬間に見たものはすべて、残光の彩が仕掛けた、無害な錯覚に過ぎなかったのだろうか。

「喜多さん、今日の会合はいかが？」高野が足音もなく私の前に立っていた。「いま、ちょうど一首浮かんだところでね。憂鬱な愛人と過ごせし一刻は神保町裏夕日の赤き、というのはどうかな。ハッハッハッハ、色紙にして進ぜようか」

「今度で結構です。それよりも、ちょっと用事があるので、肝心の本を……」

「あ、そうそう、忘れていた」

高野は急に笑いを引っ込め、小走りに自分の席まで行くと、重ねておいた短冊を除けてみた。

「あれ？　どこへいったのかな？　だれか、ここにあった本、知らない？」

周囲の者が数人近寄っていった。私もそれに続いた。

「本って、何の本です？」

大沼が気色ばんだ。

「何の本だって？　あれだよ、『憂鬱な愛人』だよ！」

「えっ、なんですって？」

叫んだのは、大沼だけではなかった。私は参会者をかき分けるように突進すると、高野の座っていたテーブルを見た。

七

そこに散乱していたものは、短冊数枚と山帖と、それに二冊の古本だけだった。本はチラと見ただけでも『憂鬱な愛人』とは縁もゆかりもないもので、昭和戦前に出た『ヂッケンス物語全集』の端本『二都物語』と『北溟館物語』とであった。推理作家の松本泰と翻訳家の松本恵子夫妻が共同でディケンズの代表作を黒岩涙香のように翻案にしたもので、登場人物名もシドニー・カールトンを刈部秀人、アレキサンダー・マネットを真鍋歴山というように換えている。揃えばかなり高価になるが、バラ本ではあまり値がつかない。

「だれかが借りていったんじゃないかな?」

高野が背伸びをしながら、取り巻いている参会者の顔を疑わしそうに見回した。

「冗談でしょう、だれがあんなもの借りますか」根本が強い調子で反論した。「さきほど、あなたがカバーを付け替えるからといって、そこに持ってきたんではないですか」

「たしかにカバーはしたがね」高野は蒼白になっていた。「それから、急に歌を思いついたんで席を立った。ぼくは身体を動かさないと推敲できない質なんでね。そもそも歌というものは――」

「そんなこと、聞いていません。何かの拍子に、ご自分のカバンにしまわれたのではないですか?」

「いや、そんな覚えはないね。しかし、念のため見てもらおうか」高野は斜め後ろの椅子の上に置いた革カバンを開いてみせた。今日の古書展で入手したらしい映画のパンフレットが二、三冊と『短歌手帖』が一冊出てきただけだった。

「それでは、あなたが席を立ったとき、本はどこにあったんですか?」

「こ、この辺かな……」

高野は根本の剣幕にたじたじとなりながら、曖昧に短冊の周辺を指した。それから、形だけテーブルの下を覗いてみたりした。

「では皆さんに伺いますが、高野さんが席を立ったあと、だれかこのあたりに近寄ったのを見た方がいますか?」

しばらく沈黙があった。

「それはどうかな」参会者の一人が口をきった。「トイレに行った人は、たいていここを通ったはずだからね。現に私もそうだ」

「すると、ほとんど全員が対象になりますね。簡単にはわからないことになる」

「トイレに行かなかった人を、まず除外してみることだ」

「しかし、トイレ以外の目的でこの場所にきた人もいるでしょう?」

「最後にここを通ったのはだれか、ということがわかればよい」

「そんなことはわかるわけがないし、第一その人が怪しいということにはなりませんよ」

「なるほど。だれかが見張っていたわけではないからね」

再び、一同は黙ってしまった。私は所在なげに、そこに放り出されている本を開いてみた。いずれも四六判で四百数十ページ前後。『二都物語』も『北溟館物語』も表紙は紺、青、黄の三色刷りで、背表紙は黄色のクロスとなっているが、どちらも『憂鬱な愛人』とは何の関わりもない。

「それはぼくが持ってきた本だがね、気が変わって引っ込めたんだ」と高野が説明した。「『二都物語』のほうは、この全集のなかでも最もありふれているし、『北溟館物語』のほうは汚本だから、この会ではあまり高くつけてもらえないと思って、入札には出さなかった」

これは別におかしくないことで、現に今日も何人かの会員が自分の持参した本を出したり引っ込めたりしていたのを、私は見ている。

「もしかしたら――」私はあることを思いついた。「さきほど高野さんは暖炉に何かを投げ入れましたね。私はハッキリ見ました。それは何ですか？」

参会者たちは一斉に高野の顔を凝視した。そうだ、そんなことがあった……と、ほとんどの目が語っている。

「ハッハッハッハ。喜多さん、何をいうのかね。あれは色紙と包装紙を投げ込んだだけだよ。あなたも見ていたでしょう？　まさか、大切な本を燃やすはずがないじゃありませんか」

「失礼！」

私は高野の小柄な身体を突き飛ばすようにして、暖炉に走った。そこにはまだ、最前燃やした紙の灰と思われるものが残っている。しゃがんでのぞき込んでみると、熾火（おきび）の中に紙が二、三枚程度燃やされた形跡はあるものの、それは一冊の本をまるまる灰にしたような量ではなかった。私自身も、高野が癇癪まぎれに暖炉にくべたのが、本なんかではなく、短冊や包装紙に過ぎなかったのを見ている。

「こんなことをしていても、はじまらない」いきなり中島が前に進み出た。「本はどこかにあります。まず心当たりを探して、それでも出てこなかったら最後の手段として――いいにくいが、お互いに所持品を見せ合うということにするしかないでしょう。いかがですか、みなさん」

参会者たちは、ざわめいた。

「そいつは、穏やかでないな。不愉快だ」

「心当たりといっても、どこを探せばいいんだ」

「いや、まだ十分探していないよ。探せば必ず出るさ」

「そうです。探せば出るはずです」中島は声を高めた。「この部屋は広くもないし、窓も三か所しかない。だれか窓を開けた人がいないか、思い出してください。それから部屋の外ですね。念のためトイレにかけての廊下と、トイレ内をいちおう見る必要があります。そんなに手間じゃないはずです。外は自分が見てみます」

中島はそういいながら、出口へ向かって駆けだした。その意外な機敏さに私はおどろいたが、感心している暇はなく、すぐ後に続いた。ほかの参会者たちは室内に残って思い思いに窓の開閉をたしかめたり、ショーケースの後ろや椅子の下をのぞき込んだりしはじめた。

古い建物なので、三階が最上階である。廊下へ出ると左側に小会議室が二つ並び、右側には紳士用洗面所のガラス扉がある。土曜日の午後でもあり、ほかの会議室は使用されていないようだった。試しにノブを回してみたが、鍵がかかっていた。私は中島とともに洗面所に飛び込み、二つの大便用トイレの扉を開けたり、水道の脇のトラッシュ・ボックスをのぞき込んだりしてみたが、本らしいものは見あたらない。

トイレを出て左はエレベーターと階段に通じているが、これも土曜の夕方とあってエレベーターは止められ、階段にはぼんやり薄暗い照明が残されているだけ。中島と一緒に下まで降りてみたが、飾り気のない階段のどこにも本を隠すような余地はない。出口の受付に尋ねてみたが、先に帰った松室以外には、ここから出て行った者はいないという。

中島はなおも細かいことを確かめているようだったが、私はげんなりして一足先に三階の会場へ戻った。参会者たちは一様に気の抜けたような、しかし不安を隠しきれない表情で私を見た。窓はほとんど嵌めころしのため開けた跡がなく、室内にはほかに隠すような場所はないという。高野だけはちょうど短冊を配り終えたところらしく、上機嫌で振り返った。

「本なんか無かったろう？　あるわけがない」

「どういう意味ですか？」私はさすがに我慢できなかった。「他人事(ひとごと)のようにおっしゃいますがね、あなたの本を探しているんですよ」

「そりゃ、そうだ。まだ喜多さんから代金を頂戴してなかったからね。早くいただいておけばよかった」

「被害者はこちらですよ。ぬか喜びをさせられて、いい面(つら)の皮じゃありませんか。こんなことなら、いっそクジなんかに当たらないほうがよかった」

「ま、そういわずに……。つまりは、喜多さんはあの本にご縁がなかった。そういうことです」

「縁がない、ですって?」私は声を荒らげた。「縁がない状況をつくりあげたのは、あなたでしょう? そもそも高円寺の……」

「そこまでっ、そこまでっ」高野は弾かれたように立ち上がった。「怒気心頭に発し、慧眼朦朧たり——とはいえ、ものには節度ということがある。ここでの出来事はすべてお遊び。われわれの多年の友情を損なうようなものは、一切持ち込むべきではない。そうでしょ? 皆さん」

それぞれ押し黙っている。暖炉の炎が、小さく燃え上がって消えた。

「『憂鬱な愛人』はめずらしい本だが、手に入らないというほどでもない。私なら一年以内に探し出せる——と、まあ見得を切ることもないがね。要するになくなったのはぼくの本で、皆さんのものではないんだから、ぼくさえ我慢すればいいわけだ。ぼくにとっては笑覧会のほうが大切なんで、それにくらべれば本なんか何でもない。こういう素晴らしい集まりを大切にしたい。悪い印象を残したくない。今日は大いに楽しい一刻を過ごさせてもらいました。いい歌もできたし。ぼくは古書愛好家ではない、歌人なんだからね」

私はすぐには反論する気力もなかった。高円寺の古書即売展でも感じたような、膝の抜けるような脱力感を覚えた。たしかに紛失した本はまだ私の所有とはなっていなかった。高野自身が構わないといえば、それで終わりである。

にもかかわらず、私の怒りと無念さは収まらなかった。だれかが本を隠した。この場にいる者であることは疑いない。もしかしたら、『憂鬱な愛人』の下巻をどうしても欲しいという者がいるのかもしれないし、高野のやり方が気に食わない者の悪戯(いたずら)かもしれないのだが、目の前にぶらさがったエサをさらわれたことには変わりない。私はコケにされているのだ。参会者たちは、私のことを腹の中で嘲笑しているにちがいない。本のコレクターというものは、他人を出し抜くことを習い性としているせいか、他人の失敗はことのほか愉快に思うものだ。

私は考えれば考えるほど、参会者の中に本を隠した者がいると確信するほかなかったが、それを調べるのは穏やかならざる方法をとるしかない。思い切っていい出すか、それともシッポを巻くか……。

「喜多さん、ちょっと待ってください」

いつの間にか戻っていた中島が根本のところに歩み寄り、何か耳打ちしていたが、やがてゆっくりと一同の輪の中に立った。

「高野さんは寛大なことを仰しゃいますが、それに甘えるのは私たちとしても後味が悪い。皆さんいかがでしょう、ここはきれいサッパリ会場を出たいとは思いませんか」

少しばかり、ホッとした空気が流れ込んだ。

「ここは、仲間うちの自主的判断でいきたいですね。根本さんと私が出口のところに立ちますから、お帰りのさいにチラリと所持品を見せていただけませんか。もちろん、いろいろお考えがあることはわかってますから、けっして強制じゃありませんよ。根本さんと私も、ただあそこに立っているだけですからね。お差し支えなければ、チラリとね」

軽い乗りであったが、一同はまだ逡巡している。中にはブツブツいう者もあったが、中島と根本が出口のところに立つと、思い切りのよさそうな若者の一人がさっさと進み出て、デイパックの中を見せた。中島は笑顔で「では、また」と握手をした。

この握手が利いた。ほかの参会者たちは一斉に立ち上がり、出口に向かった。

危機は回避された。おそらく、後日にしこりが残るようなこともあるまい。一番最後に高野が苦笑いをしながら、カバンを開けた。

「さきほど見たろうから必要はないと思うがね」

「いや、結構ですよ」

「諸君の自主的な催しにまでつきあう必要はなかったんだがね。じゃ、ぼくはこれで」

私と中島が呆気にとられながらも送ろうとすると、高野はさっさと階段を降りかけたが、途中でひょいと振り向いた。

「一首できました。これやこれ夢なら覚めよ二度引いて二度も外れし恨みくじの夜。どうだね、後ほど短冊にして送りますよ。ハッハッハッハ……」

高笑いはいつまでも階段にこだましていた。

八

短冊など送られてくるはずもなく、年が明けた。

いつもは二週目あたりから神保町や高円寺の古書即売展に通い出すのであるが、この年は前年から寝たきりになっていた父親の容態が悪化したせいもあって、心ならずもご無沙汰が続いた。

そんなある日、中島から電話があった。

「あれ以来、古書展でお見うけしませんね」

「いま、ちょっと取り込みごとがあってね」

「それは申しわけありません。またお電話します」

「いや、今はいいんだ。何か例のことでも？」

「ええ、まあね。しかし電話では何ですから、また今度お会いした折に……」

「そのうち、行けると思うけどね。最近、なにか面白い話があるかな？」

「――ええ、あるといえばあります。単なるうわさ話ですが……」

聞いているうちに、中島はこの話をしたくて電話をかけてきたにちがいないと思った。それほど、興味深い話だった。

前にもふれたように、高野は東京都心のカルチャーセンターなどで歌会や添削指導を積極的に行っているが、年に数回は地方の新聞や愛好家の団体などに招かれて出張することがある。最近、東北のある県で行われた吟詠会もその一つだった。

新年賀詞交換を兼ねた吟詠会はなかなかの盛会だったらしいが、話はその翌日、高野が地元の古書愛好家の家に宿泊したことからはじまる。愛好家というのは笑覧会の会員であるが、もともと高野は各地への出張の機会をとらえ、その近辺に住む会員と交流するのを習いとしていたが、会員の側にも中央からエライ先生がやってくるというので、自宅に招いて饗応したり、一夜の宿を提供するのを名誉のように思う者もいるようだった。

その一人で岩手県に住む素封(そほうか)家のMは、高野を下にもおかないほど歓待し、広い離れを寝室として提供した。

「いやあ、ご馳走のうえに、こんなに立派な広い部屋に一人で寝かせてもらってもいいの？」高野は感激の声を発した。「ぼくは何もお礼らしいことはできないが……、そうだ、一ついいことを教えてあげましょうか」

「いや、たいしたことはできませんがね」Mはすっかり気をよくしてたずねた。「何ですか、いいことって？」

「さきほどの話に出た『螺旋の境界』だけどね。じつはこちらへ伺う前に駅前の古本屋に寄ったところ、上の方の棚にあるのを見ましたよ」

「えっ、ほんとうですか？　駅前というとK書店ですね。私は一昨日覗いてみたけど、そんなものは目につきませんでしたが……」

Mは思わず息をはずませた。『螺旋の境界』とは大正末期から昭和初期にかけて活躍した詩人宮原燕瑠（みやはらえんる）の代表作で、それほどの稀覯本ではないが、Mにとっては入手運のよくない本で、多年にわたる探求書となっていた。

「ちょっと目につきにくいところにあったからね。美本で、値段はたしか四千円ぐらいだったかな」

「いや、もう四万円でも四十万円でも買います！　そうだ、いまから電話をいれておこう」

「もう十二時過ぎですよ」高野は相手が赤くなったり青くなったりしているのをニヤニヤしながら眺めていたが、「そうだ、明日は帰りしなに本屋まで一緒に行きましょうか」

「それはいい。お見送りついでに、寄ってみましょう」

Mは安心したように溜息をもらすと、高野を寝間に案内した。

翌日の十時前、両人は連れだって駅前にやってきた。高野の乗る列車にはまだ時間があったので、Mはこの高名な先生と古本屋をひやかす楽しみに胸を躍らせていた。ましてや、長年の探求書が入手できるのである。

ところが、目指す古本屋の店先まで来ると、高野は急に立ち止まり、帽子に手をかけなが

ら、

「いろいろお世話になりました。それじゃ、ぼくはこれで」

というや否や、さっさと店内に姿を消してしまったのである。

「…………」

一瞬、Mは事態が呑み込めず、キョトンとしていたが、そのまま突っ立っているわけにはいかない。あわてて高野のあとを追って店に入った。

細長い店の中には、まだ客の姿はない。ところが、奥のほうを見ると、高野はすでに一冊の本をレジに差し出している。Mはそのほうに駆け寄った。

「あれ、高野さん、それは『螺旋の境界』ですね」

高野は無言でうなずいた。Mはそれが包装されるのを、ぼんやり眺めていた。あとで考えれば、そのとき彼の頭のなかには、高野がその本をMにかわって購入し、「さあ、どうぞ」と手渡してくれるのではないか、という期待があったという。

しかし、事実はちがっていた。高野は店主から包装された本を受け取ると、愛用のショルダーバッグに投げ込み、それからMを路傍(ろぼう)の石のように一瞥すると、

「じゃ、これで……」

軽く会釈(えしゃく)すると、悠然と立ち去った。

「――まさに路傍の石だったよ」

いまだショックの覚めやらぬMの述懐をまじえて、情報はたちまち地元の愛書家から愛書家へと飛び交い、さらには東京の笑覧会の会員へと伝わるまでに十分とはかからなかった。書痴をめぐる珍談奇談には慣れっこの連中も、これにはシャッポを脱いだと思われる。

「いや、そのことは知らなかったね」私は中島に感想を述べた。「しかし、高野としてはあり得るエピソードだ。ぼくも似たようなシチュエーションを経験しているよ」

私は高円寺の件を手短に語った。

「なるほど、それが先日の入札会の伏線になるわけですね。ひどい話だ」

「いや、彼としては一点非の打ちどころのない、きわめて合理的な行動のつもりなんだろうね」

「どこが合理的なんですか?」

「たぶん、彼には『じゃ、ぼくはこれで……』といって別れたら、あとは他人という考えがあるんじゃないかな。ほんの一秒前までつきあっていた相手でも、その一言でリセットされるわけだね。そうなれば、あとはライバル同士だ」

「それにしても、目の前で他人の欲しがっている本を奪うというのは、許せませんね」

「思うに彼は、他人がある本を欲しがっていると知ると、途端に自分も欲しくなるという性格なのかもしれないね。消費行動を説明する理論で、他人の欲望が自分の欲望を刺激するというのがある」

「そういえば、以前どこかの本屋から聞いた話ですが、ライバルに取られたくないというだけの理由で、すでに所有している本をダブって購入する人がいたそうです」

「赤ん坊のような性格だけど、考えてみれば書痴なら多かれ少なかれ持ち合わせている性格で、高野の場合はそれが極端なんだね」

「相手の呆然とした顔を見るのが、楽しいのかもしれませんね」

「そのMのケースでも、問題の本がどの書店のどの棚にあるという情報を提供したに過ぎず、けっして『お譲りします』とはいってないんだね。『明日は帰りしなに本屋まで一緒に行きましょうか』といっているが、あくまで『本屋まで』一緒にということで、そこから後は約束していない。つまり、路傍の石ということだね。人のいいMは、それに気がつかなかったんだな」

「気がつくわけがないじゃありませんか」電話の向こうで中島は熱くなってきたようだ。

「これはもう、立派な犯罪ですよ。合理的かどうかは知らないが、人間の誠実さを手玉に取った道義的犯罪だと思いますね。自分はこれを聞いたとき、すぐにも笑覧会を脱会しようと思ったほどです」

「なぜ、やめないの？」

「そりゃ、内部にいればこそ、いま申しあげたような情報も入ってくるからですよ。自分が会員になっているのは、いつか必ずやつの不正を暴いて、思いっきり締め上げてやりたいという一心からです」

「どうも大変なことになってきたね」

私はいい加減に切り上げようとしたが、相手はいよいよ腹の虫がおさまらないようだった。

「先日の『憂鬱な愛人』の一件だってそうです。高野にあれほどコケにされて、喜多さんはよく我慢してますね」

「そりゃ、腹は立つがね。しかし、相手と一緒になってカッカとしてしまっては、同じ水準に落ちるだけだから」

「そういう客観主義が、彼のような人間をのさばらせているんですよ。いうべきことはいい、不正は不正として糾弾(きゅうだん)しなければ」

いつになく、きつい意見だった。私は防戦にまわった。

「しかし、あの一件については、彼がやったという明白な証拠もないし……」

「証拠といわれても困ります。刑事事件じゃないんですからね。しいていえば状況証拠かな。それよりも喜多さんは、あの件について考えたことがあるんですか?」

「考えたとも。一番バカを見たのは私だからね」

「それで、どの程度のことがわかりましたか?」

「いや、皆目わからん。高野がトリックを使ったことはわかっているんだが」

「そうですか。あれからずいぶん考えてみたんですが、どうやら真相をつかむことができたと思います」

「え、まさかあの本の行方がわかったというんじゃないだろうね？」私は自分の声が高くなるのを感じた。「衆人環視のなかで、貴重本が消えたという理由がわかったというのかね」

「たぶん、パズルは解けたと思います。ただ、動機がわからないので、いま一つ自信がなかったんですが、いま喜多さんの意見を聞いて、すべてがわかったように思います」

「それで？」私は気色ばんだ。「高野はどんなトリックを使ったのかね？」

「じつは、今日はそのことでお電話したんですが……」中島の声は、急に踏ん切りが悪くなった。「電話では詳しいことが話しにくいので、近くお会いする機会がないものかと思って……」

私が古書展通いもままならない事情を話すと、中島は溜息をついた。

「そういうことなら、またお目にかかった際にお話ししましょうか。その前に、一つ二つ確認しておきたいこともありますので」

——中島は、たしかに何かをつかんでいるようだ。それは、私の知らない事実に拠っているのだろうか。一刻も早く真相を知りたいのはやまやまだが、彼のほうにも都合があるようだ。いまは他日を期すほかなかった。

九

二月の初めに二十年ぶりの大雪が降ったものの、気温は三月の暖かさで、書斎の窓からは折々軒をかすめる鳥の影や、隣家の垣根に例年より早いコデマリやユキヤナギの花が、ちらほらと綻(ほころ)びはじめるのが見えた。

陽気の加減か父親の容態も小康を保っている様子なので、私は久しぶりに神保町へ出て即売展を覗いてみたが、さしたる収穫もなく、あてにしていた中島の姿も見えなかった。顔見知りの古本屋の店員に尋ねてみたが、「そういえば、今年に入ってから見かけませんね」という返事である。勤務している出版社が隣の小川町にあるのは知っていたが、わざわざ訪問するほどのことはあるまいと、行きつけの喫茶店で常よりも苦いコーヒーを飲みながらためらっているうちに、午前中の時間はつぶれてしまった。

ところが、昼過ぎに帰宅してみると、ポストに当の中島からの手紙が入っていた。大判の封筒を開けると、十数枚の原稿用紙に汚い字で記された手記のようなものが出てきた。最初のページを一目見ただけで、私にはそれが例の〝パズルの解〟であることがわかった。日頃悩まされてきた『憂鬱な愛人』消失のナゾが、いま解かれようとしている。私は震える手で原稿用紙の束を揃えると、一気に読み通した。
以下はその内容である。

喜多さん

こんな形でご挨拶をしなければならない非礼をお許しください。じつは会社を辞め、実家のあるG県に引っ込むことになりました。すでに二月一日付けで退職しております。一身上の理由と申しますか、昨年父親が倒れ、私以外に面倒を見る人間がいないという状況なのです。私はまだ三十代ですが、父親は遅い子持ちのため、もう七十の坂を越しているのです。

そういえば、喜多さんもお身内のご介護に忙しいと伺いましたが、ご同情申しあげます。お互いに当分拝眉の機会が得られそうもありませんので、此処許書面にて申し上げたいと思います。

神保町を去るにあたって（とは大袈裟ですが）唯一の心のこりは高野の一件にほかなりません。私にとって不倶戴天（ふぐたいてん）の敵、高野の正体を暴かないことには、死んでも死にきれない思いです。しょせんは実生活に相渉ることない趣味の世界のことと承知はしているものの、高野の言動は何か私の世界や価値観とは根本的に相容れない、相許しがたいものを感じ、高野の存在を全否定したい欲求に駆られるのをいかんともし難いのです。

とはいえ、私は最初から高野に敵愾心をいだいていたわけではありません。笑覧会に入ったのも、高野の正体を知る前のことで、他意はありません。

高野の言動に違和感を覚えるようになったのは、ある会合で司会者に「古書収集家」として紹介されたところ、「ぼくは歌人だよ。本を読まない古本収集家とはちがいます」などと怒鳴りつけたことからです。一瞬、呆然としました。この倨傲は何なのだろうと疑問に思いました。以来、気をつけるまでもなく、「古本収集家とはちがう」「古本屋とはちがう」といったことばが平然と出てくるのです。

高野はある意味で正直なのだ、ということもかんがえました。古本に限らず、こうした露骨な段階意識は、およそ一派の総帥というような人、あるいは文化権力者といった人々に共通のもので、腹の中では同じようなことを考えているといってよいでしょう。それも冗談のような軽快な意識で維持されているので、指摘されれば笑いでごまかすか、ピョコンと一つ頭を下げて終わりなのです。

むしろ、高野のようにそういった感情をナイーブに、あっけらかんと表現してもらったほうが、まだ救いがあるというか、こちらも笑い話で済ませることができるというもので、私としても一種の神保町名物と考えようと思っていたのですが、古本屋を全否定しながら、自身は隠れて古本屋を営業しているとわかった時点から、許せなくなってきました。人間的な信義の問題だからです。

喜多さん。あなたは、それでもなお私が高野を許せない理由が、おわかりにならないかもしれませんね。無理もないと思います。笑覧会の会員などは、高野の考え方に共鳴しているに相違なく、根本的な違和感など生じようはずがないのです。つまり、だれもが自分を単なる古書収集家とは思っていないということです。本はあくまで読むために購入するというのが大前提であり、建前なのであって、収集はその余滴なのだという意識です。たとえ、本を購入した後ただちにカバーをかけ、書棚の奥深く収めてしまっても、いつかは読むのだという言いわけが意識の全面を覆いつくしているわけです。

このような箇所に私が拘泥する理由は、これまでだれにもいわなかったことで、喜多さんだけに申しあげるのですが、私が古本屋の伜（せがれ）であることに大きな関係があると思います。正確には元古本屋ということになりますが、私の父親は、戦後ニューギニアの戦地から九死に一生をえて帰還したときには、もう三十歳を超えていました。たまたま義理の兄が大学の教授で若干の蔵書を持っていたのを幸い、神保町一丁目の映画館あたりに露天の古本屋を開業したのです。店といっても地面にゴザを拡げただけのものでしたが、多くは父親と同様のシロウトで、当時は営業の許可も必要としなかったため、最盛期には数十軒の同業者が参入、書物払底（ふってい）の時代とあって法律書や哲学書を中心に面白いほど売れ、なかには月に十万円の売り上げを誇った店もあったということです。

父親はあまり商売の才覚がなく、古本の仕入れにも苦労したようですが、それでも郊外に小さな店を出す程度の小金を貯めることができました。その後、数年目に結婚、やがて生まれたのが私という次第です。古本屋はさらに十五年ほど続けましたので、私は子供の時代に店番をしたり、退屈なときには店の本に読みふけったりしたものです。

高度成長期に入り、商店街の再開発で立ち退きを迫られたのを機会に、古本屋を廃業し、郷里のG県に戻った経緯については、実家の人間関係がからんでいますので、とくに申しあげることもありません。要するに私が古本の環境のなかで育ったということ、高校時代から神保町に通い、就職も神保町に近い出版社を選んだということを補足するにとどめます。

このような出自を持つ私が、高野の「古本屋じゃないよ、歌人だよ」といった言動に強い抵抗感を抱くようになったのも当然ではないでしょうか。それはほとんど生理的な嫌悪感といったほうがよいと思いますが、それではなぜ笑覧会から脱会しないのか、なぜ高野との交渉を断たないのかといわれると、返答に窮してしまいます。自分でもよく説明できないのですが、憎んでいればいるほどその相手に密着し、日常的に逐一その行動を把握していないと、不安でいられない心理といえば理解していただけるでしょうか。

私はやがて高野のいかがわしい点を暴き、その高慢の鼻をへし折ってやりたいと思うようになりました。何でもいいからギャフンといわせ、歌集も売れなくなるようにしてやりたい。それには、どうしたら最も効果的だろうか。

最初は、内緒で古本屋を開業している事実を暴露したらどうかと考えましたが、笑覧会の周囲を観察していると、そのことをすでに全員が承知しているようなのです。つまり、知って黙認しているらしく、これは私には信じがたいことでした。釈迦に説法となることを承知で申しあげるのですが、もともと愛書家の世界は、収集という局面になると競争原理が働き、なりふり構わない非常識が支配することがあります。まさか高野のような言行不一致や二枚舌を実行する者はいないにしても、一冊しかない貴重書を手に入れるために汚い手を用いてライバルを出し抜くということは、日常茶飯事といわなければなりません。一般の通念から見れば、このような異常な社会における異常な心理状態や慣行が、高野の詐欺的な行為に対する批判力を眠らせていると思わざるをえないのです。

無論、私はこのことに関する意見を会の機関誌に投稿してみたのですが、実際の編集にたずさわっている松室らにボツにされてしまい、思いあまって直接私信の形で送った書簡に対しても完全に無視され、手の打ちようがなくなってしまいました。『公開質問状を出したい』ということをあなたに相談したのも、その当時のことで、現実には発表媒体のアテがあったわけではありません。本当のところは、喜多さんに、どこかのコラムにでも書いていただきたかったのです。

かくて状況は手づまりになったわけですが、私はいつか必ず老練な相手のシッポをつかまえてやろうと心にきめ、機会を窺っていました。そのころから父親の病気の問題が起こり、遠からず神保町通いも不可能になるとわかっていましたので、正直いって焦りましたが、待てば海路の日和ありで、願ってもないチャンスが飛び込んできました。それが例の三崎町の隠れ事務所の発見と、修文館ホールでの競り市だったわけです。

ここでいよいよ高野の化けの皮をはがすことになりますが、隠れ事務所の件は後回しにして、まず修文館の競り市について申しあげます。一冊の稀覯本が二十人の会員の目前から忽然と消えてしまったミステリーについてですが、私は考えたあげく、これ以外はありえないという解答を見出すことができたように思うのです。

まず、私たちの見るところ、あの場には『憂鬱な愛人』が二冊存在したように思われます。一冊は入札市に出品され、松室が三千円で落札したもの。もう一冊は後半の競り市に出品され、妙な経緯で喜多さんが落札したものです。かりに前者をA本とし、後者をB本としましょうか。A本はそのあと、所用のため中途退席した松室により部屋の外に持ち出されたわけで、これはすべての会員に目撃されています。

問題はB本です。当初からショーケースの中にセットされ、外見以外は見ることを許されず、あれよあれよという間に競りにかけられ、すったもんだの揚句に喜多さんの手に入った瞬間、どこかに消えてしまった。部屋の内外に見あたらなかったのだから、暖炉で焼却されたと考えるほかないわけですが、そのような形跡はまったくなかった。本屋だったから知っているのですが、本をまるごと焼却するのはかなりの手間で、なかなか全体に火が通らないものです。戦時中、社会科学系の禁書が銭湯の釜で焚書になったという話がありますが、よほど火力の強い釜でないと燃え切らないものです。修文館の暖炉のごときは飾り物にすぎませんから、火力は弱く、入念に火掻き棒でかきまわさない限り、灰にはなりません。

そうなると、B本はどこへどう消えたのかということになります。盗むような会員もいないし、それを可能にするシチュエイションも存在しなかったのはご存知の通りです。形式的なことですが、秘密の隠し場所や、別の部屋に通じる秘密の出入口のようなものもありません。では、いったいどのように考えたらよいのでしょうか?

私はこの謎を解きあぐねて、とうとう一か月も棒にふってしまいました。そして、一つの結論に達しました。やはり、『憂鬱な愛人』は暖炉に投げ込まれたのだと。

そんなバカな——と仰しゃるかもしれませんが、どうかお聞きください。正確には『憂鬱な愛人』そのものではなく、カバーだけを投げ込んだのです。あのとき、高野は短冊に揮毫(きごう)の歌を記していましたね。そして、書き損じた短冊を破り、暖炉に投げ込んでいたのをご記憶のことと思います。じつはあのときに、彼は『憂鬱な愛人』のカバーを一緒に投げ込んだのです。

喜多さん。少しばかりご記憶の糸をたどっていただきたいのですが、あの本を落札した後、あなたは現物を手にとる暇がなかった。なぜなら、高野が「喜多さんの本は、パラフィン紙のカバーを付け替えてお渡しします」といって、すぐには渡してくれなかったからです。貴重本にパラフィン紙のカバーをかけることは愛書家の常識ですが、すでにかかっているカバーを交換して渡すというのは妙な話です。しかし、あの時はだれも不思議には思わなかった。じつは、ここに高野の企みがあったわけです。彼はパラフィン紙をかけるふりをしてカバーを外すと、隙をみて書き損じた短冊と一緒に暖炉に投げ込んでしまったのです。本のカバーは短冊よりもずっと薄い紙質なので、簡単に燃えてしまい、跡形も残らなかったというわけです。

　それでは本体をどうしたのか。カバーを剝かれた本は、まだテーブルの上に載っているではないか、と仰しゃるでしょうね。まともに考えればそういうことになります。しかし、あのときテーブルの上には『二都物語』と『北溟館物語』しか載っていなかった。『憂鬱な愛人』とは似ても似つかない本です。いったい、それはどこにいってしまったのか……。

　もうおわかりでしょう。B本は、もともと存在しなかったのです。そこにあった『二都物語』か『北溟館物語』を『憂鬱な愛人』のカバーでくるんだだけのものだったのです。どちらであったかは特定できません。どちらでもいいように、同じような柄の本を選んで持ってきたのです。一冊しかないと注意が集中する可能性があるので、撹乱作戦として二冊用意してきたのではないかと思います。書目にしても、笑覧会の会員があまり興味を示さないものを巧みに選んでいるような気がします。

この本は所蔵している図書館がきわめて少ないのですが、私は地方の図書館から二冊を借り出し、メジャーで測定してみましたが、本文はいずれもタテ百八十七ミリ、ヨコ百二十七ミリ程度のいわゆる四六判で、『憂鬱な愛人』のサイズとほとんど同一であることを確認しました。つまり、高野はこのいずれかの本に『憂鬱な愛人』のカバーをかけ、あなたを惑わせたのです。

そんなことはあるまい、たしかに本文の扉に「下」の文字を見たと、あなたは仰しゃるかもしれません。私もたしかに確認しました。この壁があるがゆえに、なかなか真相に到達することができなかったといえるでしょう。

私は一時この問題を棚上げにし、もう一つの疑問を解いてみようと思いました。つまり、高野の隠れ事務所のことです。いったい、彼は何の目的があって、あのような事務所を持っていたのでしょうか。目の届く限り乱雑に積み上げられた本や雑誌の山また山で、まるで本の産廃処理場のようなところでしたが、しいて事務所らしい要素をあげるとすれば、入口から最も近い隅に小机と汚れた複写機らしいものが一台あることで、その上に紙片が散らかっていたことをご記憶と思います。

編集者というものは、職業柄コピー機の世話になることが多いものです。それに私は社で備品の管理役も兼ねていましたので、高野の事務所の複写機についても、メーカーの名と型番を何となく記憶していたのです。今回、あらためて複写機のことが気になってきましたので、カタログで調べてみたところ、それは二年ほど前に出たカラーコピーの機種と判明しました。薄汚れてはいましたが、最新式に近い、高性能の複写機だったのです。

なにゆえに、本の廃棄場のような場所に不似合いなコピー機があるのか。今度はこの問題に悩まされましたが、収集家にとってコピーの目的は何かを考えたとき、閃いたものがあります。喜多さんもご経験があるかと思いますが、せっかく手に入れた初版本にカバーやオビが欠けていた場合、あるいは落丁があった場合など、コピーでもいいから補いたくなるものですね。資料なら、不足のページをコピーで補うことはよく行われていますが、初版本の場合は色合いから紙質にいたるまで、よく似たものでなければならないでしょう。この場合、最大の難関といえば、古い本によく似た用紙を入手することです。現代は複写機が非常に発達し、レーザープリンターなどを使えば現物と見分けがつかないものができます。問題は紙だけです。それさえ適当なものを入手できれば、一見見分けがつかないようなニセモノをつくることも可能なのです。

ここまで考えたとき、私は愕然としました。あの高野の事務所は、古紙の宝庫だったのではないでしょうか。三文の値打ちもないような雑本の山こそは、その見返しや余白、クロスなどを破り取り、カバーやオビの複製のために流用するためのものだったのです。考えてみれば、高野のような勘定高いご仁が、単に落魄趣味や荒廃趣味を理由にネズミやゴキブリの徘徊（はいかい）しそうな倉庫や事務所をもつわけがないではありませんか。あの薄汚い場所こそ、ニセモノづくりの工房だったといって差し支えないでしょう。

　私は高野がどの程度、ニセモノづくりを行っていたか、知るところではありません。あらためて過去の笑覧会の目録を読み直して見ると、高野出品の本に時折「裏表紙欠、コピー補修」という注記が入っていることに気がつきます。このように断り書きさえあれば、ニセモノときめつけることはできないことを承知しているからでしょう。いまから思えば、このコピー作業は高野自身によって行われたものに相違なく、しかもコピーによる補修を施したのを口実に、通常の欠陥本よりも二割方高い値段をつけていることに気づかされます。高野としては、コピーに金と時間を費やしても、十分金銭的な見返りはあることになります。

　もっとも、いくら補修を行っても、補修にとどまる限り、古書としての値段に大きな差が出てくることはありません。儲けといっても、たかが知れています。私は、そもそもこのような行為は高野のホビーに発したものではないかと思います。カバーがちょっと破れていても、ケースがちょっと毀（こわ）れていても気になってしかたがないという、愛書家特有の性癖がだれよりも強そうな彼は、最初は自分のために補修をはじめたのではないかと思います。それが、やがて商売に結びつき、ついにはライバルの愛書家をペテンにかける目的にまで発展してきたのだと思うのです。

ペテン！　そうです。あの『憂鬱な愛人』事件は、まさに高野が喜多さんに仕掛けた大ペテンだったのです。いかにも高野らしい舞台装置と小道具、演出を駆使した、会心のコン・ゲームだったのです。喜多さんのような人を騙して何になる、というのは常識人の考えで、彼にとっては日ごろ小骨が咽喉にささったような存在である喜多さんをキリキリ舞いさせるだけでも、至福の境地に達することが可能だったのです。

喜多さん。あなたは高野の再三にわたる誘いにもかかわらず、笑覧会に加入していませんね。高野にとっては、それが気にいらないのです。笑覧会の名簿を見ると、多くの著名なコレクターが名を連ねています。手数料は無料だし、古書店ではあまり見かけない本が廉価に入手できるのですから、おつきあいに入会しておこうというのが、大方の考えではないかと思うのですが、高野としては自分がお山の大将になりたいわけですから、喜多さんのような未入会の人は軍門に降ることをよしとしない、要警戒の外様大名のごとくに思えるのでしょう。だれもが嬉々として入ってくるのに、一人だけ例外がいるというのは気持がわるいもので、高野は神経質な人ですから、あれこれ気をまわしたに相違ありません。さては、自分に批判的なのだなと思い、その理由をあれこれ考えたとしてもふしぎではないでしょう。ついには、人格的な疑念、つまり自分の存在が否定されているような被害妄想に陥ったとしても、それほど意外でもないと思うのです。他人の存在を簡単に否定する者は、その裏返しで、自分が否定されることにも敏感なのではないでしょうか。

そのようなとき、たまたまあなたが『憂鬱な愛人』の、正確にいえば下巻を探求していることを知ったのです。これこそ、今回高野が仕掛けたイベントの動因ともいえるもので、私自身も最近になってようやく理解しえた部分なのです。というのは、あなたから伺った『螺旋の境界』事件の解釈が、重要なヒントになったということです。

正直いって私はこの件における高野の行動の意味が理解できずにいました。恩を仇で返すような、あまりにも露骨な行動というべきか、あるいは一種の幼児的な行動と見るべきか、大いに迷うところですが、高野と等身大になって想像してみると、喜多さんの仰しゃったような心理が生じていたと思います。喜多さんのおことばを引用させてもらえば、「おそらく彼は、ある本を他人が欲しがっていると知ると、途端に自分も欲しくなるという性格なんだろうね。赤ん坊のようなものだが、考えてみれば書痴なら多かれ少なかれ持ち合わせている性格で、高野の場合は、それが極端なんだね」……ということだったと思います。

これに関連して、さらに理解しがたいのは、たったいままで行動をともにしていた相手と、一瞬のうちに交渉を断ちきり、縁なき衆生あるいは路傍の石のごとき目で見るという心理です。「じゃ、ぼくはこれで」といった途端にこれまでの人間関係は停止するという、考えようによっては大変便利な能力といえますが、これは彼の性分というか癖というか、知らない人にとっては驚異でしょうが、当人としては他意のないことなのでしょう。医学界では一日のうちに病状や気分が頻繁に変化し、そのたびに別人のようになってしまうことを日内変動というそうですが、高野の場合は機会ごとに別人格に変わってしまう瞬間変動といえるでしょうか。重要なことは、『螺旋の境界』事件も彼のこのような性分を前提として成立しているということです。

以上に要約した高野の性格に照らしてみれば、『憂鬱な愛人』事件の根底もおのずから見えてくるのではないでしょうか。私は当初高野の性格が理解できなかったので、論理的には真相に到達しながらも、まさかそんな突飛な行動をとることはあるまいと、頭から追い出そうとしたほどです。しかし、出発点に高野の性格を据えてみると、一連のコン・ゲームの流れの意味がよく理解できるし、いかにもありそうなことに思えるのです。

当日の高野のねらいを整理し、流れを追ってみましょう。まずA本、すなわち『憂鬱な愛人』の下巻を用意します。これはカバーなしの、若干くたびれた本ですが、内容についてはで入札前に会員たちが手にとっていますので、まちがいなく本物です。おそらく高野はこの本をずっと以前に、何ということもなく入手し、そのまま書庫に死蔵させていたにちがいないのです。

　次に用意するのはB本ですが、すでに推理したように中身は『北溟館物語』か『二都物語』をもって代用し、扉は下巻からコピーしたものを貼り込み、さらにカバーは本物からカラーコピーをとったものを用いた、一種の変造本だったのです。私は図書館で調べてみたのですが、『憂鬱な愛人』の下巻は上巻と同じ中質紙で、この手の用紙は古紙からいくらでも入手できると思います。厚い本を一冊偽造するのは無理ですが、扉一枚ぐらいなら簡単で、その辺の戦前の本の見返しなどを破り取って、それにコピーすれば見分けがつかないものができると思います。ましてや扉の用紙は本文と共紙（ともがみ）で、その意匠も簡単な図案をモノクロ印刷したものに過ぎませんので、コピー作業は容易だったと思われます。

　カバーのほうはもう少し手間がかかったことでしょう。元本のカバーは薄く沈んだクリーム色で、四色の花模様がほどこされていますが、どうしてもコピーの色は現物よりも鮮やかに出てしまう傾向がある上に、トナー特有の艶が出てしまうので、これをごまかすためにパラフィン紙をかけていたのではないでしょうか。もっとも、コピーの場合は何といっても紙質が問題で、紙さえ似ていれば見分けがつかないものです。それよりもカバーですから横長の紙を探さなければならず、そこに細工の苦心があったと思われます。おそらく二枚の紙を巧妙につなぎ合わせたのではないでしょうか。

それから、『北溟館物語』と『二都物語』の厚さですが、実際に図書館で調べてみると、前者が四百七十四ページ、後者が四百六十五ページですが、この場合はページ数よりも厚さのほうが問題なので、実測してみるといずれも二センチ七ミリあります。これは『憂鬱な愛人』下巻とまったく同一なことに注意していただきたいと思います。

以上、A本とB本を用意して、高野はあの第十回記念大会に臨んだわけです。そのトリックたるや、いま振り返ってみても実に巧妙で、あなたをハメてやろうという悪意のすさまじさに圧倒される思いです。

まず、本物のA本を入札市に出すことで、あなたの収集欲を極点にまで煽り、あまつさえ後の競り市で美本が出るなどと称して、迷わせたりします。この段階で、あなたは完全に彼のペースにはまってしまい、B本をショーケースから出して確認することが許されない不自然さにも、一向に気がつかなかったのではないでしょうか。それは私も同様でした。

高野はまず、カバーなしの本を出品し、あわや喜多さんの手に入るかどうかというきわどい場面を演出します。失礼ながら、ふだん冷静な喜多さんでも、あの場面にはイライラ、カッカとなさったのではないでしょうか。その上で、カバーつきの美本を見せられれば、あなたの収集欲はいやが上にも高められる仕組みですね。いわばカバーなしのA本は伏線として存在したのですが、肝心なことはそれを誰にも譲る意志はなかったということです。皆が欲しがるものは、自分も欲しくなる。馬の目の前にニンジンをぶら下げるだけで、実際には食べさせる気はないのです。

そこで編み出したのが、あらかじめ腰巾着の松室にいい含めて本を落札させ、そのまま部屋の外に持ち去らせる方法です。考えてみれば、車での送り迎えをはじめ日常のこまごました秘書的な役割を果たしている松室が、まだメインイベントもはじまっていないのに退出というのは、いかにも解せないことです。

ちなみに松室は、当日早めに会場にやってきて、ショーケースを借りて本を陳列してから高野を迎えにいったのではないかと思います。とにかく、会員が手に取ることができない工夫を施す必要があったのです。

こうして高野の虎の子は、安全に室外に運び出されたわけで、あとは好き勝手に喜多さんを翻弄すればいいのです。あのとき、高野がそわそわしたり、ニヤニヤしたりで、まったく落ち着きが見られなかったのをご存じでしょうか。無理もありません。彼にとっては待ちに待ったクライマックスが訪れようとしていたのですから。

さて、『憂鬱な愛人』を競りに出す段になって、同じ股肱(ここう)の臣である大沼に、なるべく中を見せないようにと命令したと思われます。一同はすっかり乗せられて、必死に旗を突き出す。その奇観を高野は満足げに眺めて、悦にいっていた様子が窺われます。あとは、先にご説明申しあげましたように、偽造のカバーを取り去って、書き損じを装った短冊とともに暖炉に投げ込むだけでよかったのです。これは一同に実在を信じこませている架空のB本の抹殺と同時に、カバー偽造の証拠湮滅にもつながるわけで、どうしても必要な行動だったことになります。考えてみれば、いまどき暖炉のあるような会議室や集会所は神保町あたりでもめずらしくなっているので、そもそも高野が以上のプランを考えてから暖炉のある会場を選んだのか、あるいはたまたま暖炉があることを知って、このような詐術を案出したのか不明ですが、おそらく後者ではないかと思うのです。

かくて高野は大満悦の表情で会場を後にしたことはご存じの通りですが、それに反して喜多さんには、現在にいたるも後味の悪い思いをなさっていることと思います。私としても、たしかに不正が行われていると思いつつ、その場で相手のシッポを摑めなかったのは残念でたまりません。最近になって、ようやく真相に到達、次なる段階として高野を弾劾したいのは山々ですが、こんなものをとりあげてもらえる媒体があろうはずはなく、ゴマメの歯ぎしりをかこっているというのが正直なところです。

とはいえ、一寸の虫にも五分の魂とか、元古本屋の倅にも意地というものがあります。このまま完敗では、あまりにも情けない。

じつは私はあの場で密かに、高野に対して一矢を報いていたのです。それは自分だけのささやかな復讐のつもりでしたが、考えてみれば高野の詐術を公に暴露することにはつながらないので、あまり意味のないものです。むしろ、あの場でコケにされた喜多さんがお持ちになり、よろこんでいただいてこそ、本来の意義があると思われますので、謹んで進呈することにいたします。本日郵送申しあげますので、どうかお納めください。

明日はいよいよ十五年にわたる勤務生活に別れをつげて、G県に帰る日です。ガランとした部屋にすわっていると、夏の炎天下に本屋まわりをした記憶や、寒い冬の早朝に展覧会の行列に加わった思い出が、それこそ走馬灯のように浮かんでは消えていくのをおぼえます。喜多さんにおつきあいいただいたことは、君子の交わりとして、いつまでも忘れません。お元気で——。

私は編集者によくある、読みにくい走り書きを苦労しながらたどり終えると、しばらく考えこんだ。すぐには「一矢報いる」という意味がわからなかったが、翌日配達された小包の中からカバーなしの『憂鬱な愛人』下巻が「謹呈」のカード付きで出てきたときには、さほどおどろかなかった。私はこれを半ば予期していたのである。

そこには、以下のメモが挿んであった。

喜多さん。

あの席で松室が会場から退出したとき、私が目立たないように後を追ったのに気がつきませんでしたか？　私は何かあると直感し、松室を追ったのです。ちょうどエレベーターのドアが閉まるところでしたので、私は階段を一気に駆け下り、受付のところで彼に追いつきました。「これを預かってください。あとで高野が取りにきます」と頼んでいるのが聞こえます。

私はそれを見届けてから、そっと会場に戻り、例の騒ぎで階下まで探索が行われたさい、そっと受付に行って、高野の使いと偽って本を渡してもらったのです。これは意外に簡単でした。問題は会場に戻ることでしたが、ベストの裏に大きなポケットがありましたので、何とか隠すことができました。

高野は帰りに受付で本を受け取ることができず、不審に思ったかもしれませんが、松室との連絡が行きちがいになったものと思い、その場は引き揚げたのでしょう。無論、すぐに何者かにハメられたことに気づいたと思われますが、現在にいたるも沈黙しているのは、スネに疵(きず)を持つ身だからでしょう。

田舎に引っ込んだら、落札の代金を送金しておこうと思いますが、この本は喜多さんが所有してこそ意味のあるものですので、謹呈申しあげます。

じゃ、ぼくはこれで……。

第三話　電網恢々事件

一

私は仕事場のある横浜市の郊外から神保町に出るために、最寄りの東急田園都市線の青葉台駅から渋谷経由の営団地下鉄（現東京メトロ）半蔵門線を利用することにしている。地上に出るとそこは東西に靖国通り、南北に白山通りがクロスする神保町交差点である。五十数軒の古書店が靖国通りに沿って並んでいるが、一歩入ったところにも同数ぐらいの店がある。白山通りとその周辺にも十数件の店舗がある。交差点に立って、今日はどの方向に足を向けようかと思案するのも、二十年まえにこの神保町駅ができてからの楽しみといえる。

ノストラダムスの大予言とやらが的中するとすれば、先月あたりに恐怖の大王とやらが降臨するはずだった真夏の金曜日の午後、私が神保町の交差点付近で汗をぬぐっていると、傍らを開襟シャツ姿の小太りの男が通り過ぎようとして、目が合った。

「おや、喜多さん。暑いねえ」

歴史書専門の明文堂だった。書類のようなものを持っている。

「天気予報では三十四度。あまり古書店回りには向かない日だね」

「たまにはウチにも寄ってくださいよ」

「いや、いつも店先ぐらいは覗いてますよ。——そうそう、松平太郎の『江戸時代制度の研究』は在庫ある？」

「ええと、あったと思うがなあ。店へ来てくださいよ。ぼくは組合の用があるけど、三十分ほどしたら戻るから」

明文堂は信号の変わりかけた横断歩道を急ぎ足で渡っていった。一か月以上も雨が降らないので、交通量の多い道路の両側は立て看板もアーケードの屋根も、排気ガスの生み出す灰のような塵のせいか、一様に白茶けてみえた。

明文堂は交差点から二ブロックほど先の駿河台下に近いところにある。棚の本を眺めながら待っていると、間もなく帰ってきた主人は店員に命じて奥から私の探している本を出させた。大正八年の元版ではなく、昭和四十一年刊の復刻版で、しかも予想よりも五割ほど高価だったが、資料本探しは必要なときにすぐ入手できることをもってよしとしなければならない。その点、神保町のような古本屋街はありがたい。

「聞いた？　大原書店のこと。物騒な時代だね」

誘われて裏通りの喫茶店に入ると、話好きの明文堂は扇子を使いながら身を乗り出してきた。

「何のこと？　この辺には半月ほど来られなかったもんでね」

「空き巣だよ、空き巣。倉庫に入られて、本を二百冊ぐらい持っていかれた。ついでにパソコンも失敬していったと。まだ犯人はつかまらず、ちょうど品触れ（盗品手配書）の追加を配っていたところさ」

「それはたいへん。少し前にトラックでごっそり運び出していったケースがあったね」

「ウチの隣がやられた、例の事件かね。今回のはあれほど大がかりじゃないけど、車で乗りつけた組織的な犯行という点では似ているね」

神保町の古書店のなかには、住居を付近の本郷や白山、あるいは中央線沿線に置いて、夜間の店舗は無人となっているところがある。このような事情に通じた窃盗グループが堂々と大型トラックを店の前につけ、一晩かけて品物を運び出してしまうという事件があった。二、三年前のことである。

「最近はマンションの空き巣が流行っているそうだけど」私は友人の税理士の話を思い出しながらいった。「小さなビルの事務所なども軒並みに狙われるようになっているそうだね」

「しかし、古本業界では、本を盗んでもすぐ足がつくシステムになっていると思うがねえ。ドロボーは何を考えているのかな」

明文堂によると、その空き巣は七月二十四日、土曜日の夜半、大原書店の鍵をこじあけて事務所兼用の倉庫に侵入、書庫の古本を二百冊ほど抜き取った上、事務所に設置してあったパソコン一式をも盗み出したという。大原書店は別の場所に一軒、客を応接する店舗を持っているので、本店は主に在庫を管理するために使用していた。倉庫に隣接して新刊の卸しを行う事務所も設けられていたが、こちらに侵入された形跡はなかった。さいわい七人の従業員はすべて帰宅した後だったので、人的な被害はなかった。被害総額は五百万円程度で、大店としてはたいしたことはないのだが、パソコンの記憶装置に入っていた貴重なデータが金額に換算できない損失で、顧客データの流出も懸念されるという。

「それは、もしかしたら賊は本よりもパソコンのデータのほうが欲しかったのかも知れないね」

私は大原書店の事務所に神保町ネットワークのサーバーが設置されているのを思い出した。新聞雑誌の記事で知ったのだが、インターネットが急速に普及しはじめた二年ほど前に、大原書店が音頭を取ってネットによる店舗紹介や在庫案内などの情報提供システムをつくりあげ、神田地区の主要書店に参加を呼びかけたらしい。現在数十軒の書店が在庫目録を常時公開しているので、利用者がホームページにアクセスすれば、検索エンジンで探求書を能率的に探し出すことができる。私もたまに覗いてみることがあるが、この動きはほかの地区にも波及し、いまや全国規模となったネットにより、ある程度名の通った本なら容易に見つけ出すことが可能になりつつある。

明文堂の話によれば、大原書店にはそのためのパソコンが設置され、店主と若い店員の一人が管理していたのであるが、このたびの空き巣によって膨大な目録ファイルや書誌データ、顧客データなどが盗まれてしまった。運営の常識としてコピーはとっていたのだが、同じ場所に保存しておいたので、一緒に持ち去られたという。

「自分でパソコンをいじれる店は、数の上からいえばまだ少数派だからね」明文堂は苦笑いした。「ウチあたりは、だれもパソコンを使えないので、フロッピー一枚ない。印刷目録を大原に渡して、向こうで入力してもらってるわけ。それが一切合切盗まれてしまったんだから、困る店もあるんじゃないかな」

「インターネットでは、どのくらい売れるの?」

私がかねがね疑問に思っていたことをたずねると、明文堂は顔をしかめた。

「さあ、ウチあたりはまだ活字の目録のほうが売れるね。ただ、大学の研究室あたりの資料収集とか、外国からの注文はインターネットが増えてるよ。自由民権の本探しなら、〝自由民権〟で検索すれば関係書がドカッと表示されるんだからね。なかには、それを全部くれという注文などもあるよ」

冷房のあまりきかない店で、ほかに客はいない。明文堂はアイスコーヒーの氷をボリボリ嚙んでいたが、そのうちに思いだしたようにいった。

「大学といえば、ええと、先週の土曜日、というと七月の三十一日になるか、国際文化大学の人文学部でも同じような事件があったそうだね。新聞には小さな記事しか出ていなかったけど、うちはあそこの図書館に納めているので、知っている先生から聞いたんだがね。内緒で教えてもらった情報によると、なんでも図書館の司書が殺されたらしいよ。内部はめちゃくちゃに荒らされて、パソコンが盗まれた。研究論文や資料もだいぶやられたそうだよ」

「殺されるとは、また物騒な話だね」

「あそこはかなり本を持ってる大学だが、時期も時期だし、同じ犯人じゃないかって噂もある。あくまで噂だがね」

明文堂は、それが癖の大きな咳払いをすると、時計を見ながら立ち上がった。

二

目指す本は手に入れたし、ほかの店を回る気もなくなったので、帰りはＪＲの御茶ノ水駅に通じる緩やかな坂道を行くことにした。三十年以上も昔、まだ地下鉄の神保町駅がなかった時代には、この坂道を逆に降って、駿河台下に近い東京古書会館や、斜向かいの文庫本専門の川上書店から順に、二十軒ぐらいの店をハシゴしたものであるが、いまはとても体力が許さない。

日の熱蒸と舗道の照り返しで身体が発熱体のようになってくる。駿河台下から十二、三分、御茶ノ水駅に近いところに来て、ふと左に曲がれば百メートルほどのところに国際文化大学があるのを思い出した。

国際文化大学は戦前の啓明（けいめい）学院が戦後の単科大学として格上げされたもので、その自由主義的な校風は一部に人気があり、多くの逸材を輩出している。私は十年ほど以前に高校時代の友人である都築英雄（つづきひでお）教授の依頼で、シンポジウムに出たことがある。

この機会に久闊（きゅうかつ）を叙（じょ）すのはわるいことではあるまい。というよりも、野次馬根性といったほうが正確かもしれないが、私の足は自然に左へ向いた。

大学までの道はそこから七、八分、両側に街路樹が生い茂り、網の目のように厚く重なった枝葉の隙間（すきま）を通して、わずかに漏れる日光がいびつな白いまだらとなって、あまり清掃の行き届かない煉瓦づくりの舗道に落ちている。ペンキの剝げた校門は開け放しで、狭い校庭をはさんで大きな牛が寝そべっているような校舎が煤（すす）けた窓枠を連ねている図は、十年前と少しも変わらない。

私はその庭の片隅にある大きなニレの下の四阿（あずまや）で、一刻涼ませてもらうだけでもよかったのだが、念のために田舎の交番のような箱のなかで居眠りをしていた年寄りの守衛にたずねてみると、本日都築先生は研究室においでだという。

「——おや、おや、これはどういう風の吹き回しかな。懐かしいね」

都築はオールバックの髪が白髪になっていたが、相変わらず人なつこい笑顔で迎えてくれた。研究室とは名ばかりの、八畳ぐらいしかないスペースを衝立（ついたて）で区切った二人部屋で、真ん中の机には書類や封筒の山がいまにも崩れんばかりに山積みされている。足下には店屋物の丼がころがっている始末で、立錐の余地もないところを、書類をあっちへ寄せこっちへ移動させて、何とかスツール一脚分のスペースを確保することはできた。

「じつは、三年前に定年になったんだけどね」都築は急に卑屈な表情になった。「お情けで延長してもらったはいいが、こんな狭い部屋に移動させられてね。ここもあと一年でクビさ。おまえは、定年がないからいいな」

同級生というものは、つもる話が一時間や二時間では尽きない。私はいい加減なところで、話を切り替えた。

「おまえ、それをどこで聞いた?」都築は声をひそめたが、室内はおろか、同じ階にも人の気配はないようだった。「今日も本当は夏休みなんだが、あの事件に関して、六時に臨時の教授会があるんだ。それで早めに出てきたら、こうしておまえに会えたというわけだ」

「死んだ人がいるとか」

「即死だったよ」都築は一段と声をひそめた。「長沢という司書でね。この奥の部屋で、後頭部の左側を殴られたらしいんだ。親切な、いい人だったんだが……」

「女性か?」

「研究室の資料係さ。われわれ教授から助手までの研究論文や授業のために資料が必要になるとすると、彼女が調査してリストアップする。場合によっては購入の手続きをする。予算を申請するのも彼女の役目だったんだ。もと大手のシンクタンクの文献収集係だったということで、こんな学校にはもったいないくらいのベテランで、彼女のおかげで学位論文を取れたという先生もいるほどさ。年齢はまだ四十にならなかったがね」

「強盗ということだが、何を盗られたの？」

「それがまだ全部はわかってないんだ。なにしろ図書館の書棚を全部チェックするには、休暇中でもあって、手が足りないんでね。そうそう、凶器もウチが二十年ぐらい前に取った出版文化賞の盾でね。かなり重量のある置物なんだが、まさかそんなものが犯行に使われようとは夢にも思わなかったね。なにしろ応接間が手狭なもんで、そんな置物が司書の机の脇にある書棚に麗々しく並べてあったんだよ」

「それは二重に残酷だね」

「ふだんから整理がよくないもんだから、こういうことになるんだ。第一、何がなくなっているのかさえ正確にはわからないので、警察もネをあげたほどさ。大学ってところは、えてしてそんなもんだがね」

都築は机の周囲をアゴで示した。私は苦笑しながら、

「いずこも同じ、知的空間とはいいがたい環境だね。おれの机の上も……」

といいかけた時、ドアが乱暴に開かれて大兵肥満の男が入口をふさがんばかりに立ちふさがった。

「あ、笠井先生」都築は中腰になって私を紹介した。「こちらは文筆家の喜多さん。知ってるでしょう?」

どこかで見た顔のような気がしたが、笠井という名だけ聞いて、すぐに『近代人物資料集成』の編者、笠井修三ではないかと直感した。年齢は六十代の半ばぐらい。半白の髪に色黒の分厚い皮膚……。その丸い顔にくっついた細い目が私を胡散臭そうに一瞥すると、二重顎をわずかにひっこめながら会釈しただけで、衝立の向こうに二メートル近くもありそうな嵩張った姿を消してしまった。都築が「いやなやつ」と記したメモの陰から赤んべえをして見せたので、私は笑いをこらえるのに苦労した。

「おまえとは、よくカンニングをやらかしたなあ」私は大きな声でいった。

「まさか、おれが大学教授になるとは思わなかったろう?」

「そんなところだ」

この会話が十年前にも交わされたことがあるのを、なんとなく思い出したとき、都築はあくびをしながら立ちあがり、一緒に部屋を出ようというジェスチャーをした。

「どうせ来たんだから、見ていくかね」

廊下の突き当たりの「関係者以外立入禁止」という札のかかったドアの前で、都築は何気なさそうにいった。

「見せてもらえるのか?」

「無論、正式には立入禁止だけどね。我々はこの研究室の資料部屋——資料図書館というのが正式名称だがね——これがなかったらおまんまの食い上げさ」

ズボンのポケットから鍵束を取り出すと、その一つを無造作に差し込んで扉を押した。ムッと生暖かいカビのにおいに襲われる。

「学部の図書館だね。この学校は創立者が図書館に熱心だったもんで、本はわりに買うほうなんだ。ここに八万冊と、別に学生用の図書館に二十二万冊ある」

壁のスイッチを入れると、小さなカウンターと事務用のスペースの向こうに、移動式の書棚の列とレファレンス机が見えた。右手の壁に沿ったピジョンホール架には、ボール紙で「富岡博昌（とみおかひろまさ）先生」「細田剛（ほそだごう）先生」「内海悦三（うつみえつぞう）先生」といった見出しごとに書籍や雑誌、コピーの束などが挿してある。「都築英雄先生」や「笠井修三先生」という見出しも、すぐに見つかった。

「係にテーマや資料の名を指示しておくと、ここに出てくるというわけさ」

「へえ……、まるで打ち出の小槌だね。大学の先生なんて、らくなもんだ」

「おまえみたいに、趣味で古本を集めていては商売にならないからね」

「そういえば、都築とはそこの東京古書会館などで、一度も出会ったことがないね」といいながら、このとき私は笠井教授の顔をどこで見たのか、はっきりと思い出した。「そうだ、古書会館だ！」

「おれだって、たまには古本屋にいくよ。しかし、最近は全部コピーで済むもんだから……」

そうだ、いつだったか気に入らない古書店をどなりつけた豪傑がいたっけ。そいつは何でも展覧会の本を注文して抽選に外れたところ、電話口で本屋のおかみに「このバカヤロウ！」と罵声を浴びせたという。「あの先生はどういうわけか、抽選の本が必ず自分に来るものと思ってるんだから、傲慢きわまりない」と、ひところ古本屋の間で大評判になった。大国主命のように背にかつぐのだから、大量に買った本や雑誌を黒い布袋に入れて、大国主命のように背にかつぐのだから、周囲の注目を浴びるのは当然だった。近年あまり消息を聞かないと思っていたら、研究室の資料の山に埋もれていたのか……。

「笠井先生は、一、二度古書展で見かけたことがあるような気がする」私は都築の後にしたがって、カウンターのなかに足を踏み入れながらいった。「なかなか武勇伝の持ち主らしいね」

「やつはわれわれよりも四、五歳年上でね。七〇年代の半ばごろだったか、先代の学長を丸めこんで『近代人物資料集成』というツールを刊行させた。そのために予算を湯水のように使って、古本資料を集めまくった。笠井の通ったあとはペンペン草も生えないという評判が立ったそうだよ」

「あまり敵にまわしたくない人だけど、『近代人物資料集成』そのものは、二十冊揃えば古書価は高いようだね」

「あれは、じつをいえば学生アルバイトを使って人海戦術で仕上げた本だから、いまとなっては杜撰といわれても仕方がない部分もあるがね。まあ、副産物として、この教員用の資料図書館が充実したということもいえるわけだ」

「多少は強引な人間がいないと、本は集まらないもんだよ」

「――ここが、長沢司書の死んでいた場所だ」都築は事務スペースの一隅にあるデスクの傍らで立ち止まった。「机と椅子は新しいものに替えてあるがね。こんなことをいうのも不謹慎だが、有能だった彼女の後任がなかなか見つからないんで、往生してるところさ」

「そりゃそうだろうね」

向かい合わせに二つ並べられた机上には『日本人物文献目録』や『著者別書目集覧』といった文献探しの基本ツール、復刻版のカタログ、大小古書店の在庫目録、それに入札会や展覧会の目録などが乱雑に積み上げられて、手前のパソコンにのしかかっている。もともとはキチンと整理された状態だったのが、犯行のさい床に払い落とされたものであろう。

「犯人はパソコンの本体とキーボードを持ち去って、このモニターだけは残していったんだ。旧式で、価値がないと思ったんだろうね。欲しいのは本体の記憶装置に入っている最新のデータだけだったのかもしれない」

「最新のデータとは？」

私の強い関心に釣られるように、都築は新型のパソコンの電源を入れた。すぐに文献検索画面らしきものが出てきた。

「じつはもとのパソコンは本体ごと盗まれてしまったので、急遽この機械を入れたんだけどね。そのさい、古いデータはCD-Rの形でバックアップが残されていたので、ある程度は復元できたんだが、ここ二、三か月ぐらいの最近のデータまではとってなかった。たとえばおれの請求データにしても、おれ自身の記憶で再入力した始末さ。——あまりパソコンは詳しくないんだけどね」

都築は、それでも一本指でポツリポツリと自分の名前とパスワードを入力すると、現在請求中の資料の名が出てきた。『日本教育史基本文献・史料叢書』第十巻、『教育行政から見た戦後高等教育史』……。

「ここを辞めるまでに、高等教育史についての論文をまとめておきたいと思ったんだがね。いい後任を見つけないと、ヤバくなってきた」

「この程度の本は、自分で見つけたら?」

「おまえは、高校時代から皮肉屋だったなあ」

画面の左側には蔵書データベースを公開している大学や専門図書館の名がズラリと並んでいる。どうやらリンク先らしい。下のほうに神田古書連盟とあるのは、さきほど明文堂の話に出た神保町の主な店のホームページである。全体に大がかりとはいえないにしても、能率的な文献収集システムのように思えた。

「ちょっとさわっていいかな？」

「どうぞ。ただし、彼女はここでパソコンに入力の最中にやられたらしいんだよ。頭のうしろをなぐられて即死だった。——どうした、怖じ気づいたか」

私は無言で神田古書連盟のボタンを押した。CATVの回線に接続されているらしく、一瞬にして相手のホームページが出てきた。神保町の主な古書店が「総記」「宗教・哲学」「歴史」「社会科学」……というように取扱分野別に挙げられ、そのなかをたどっていくと「教育」という項目にたどりつく。そこには村口書店、奥村書店、明文堂書店、大原書店という順序で、計四軒の名があった。各店とも数百点の在庫目録を掲げているが、明文堂のように一万点を超える書目をあげている店もある。私もこのホームページは折りにふれて利用しているが、一度でもアクセスしたことのある店の表示が茶色から緑色に変わる仕組みであるのを知っていた。このパソコンについては、四店はいずれも緑色になっていることから、担当者が常に目録を覗いていたことが推測できた。

私は思いつくままに「横山健堂」「井上嘉瑞」「杉村武」というような、一般の事典類では漏れているか、十分評価されていない人名を入力してみたが、どれも一発で出てきたところを見ると、文献探索に年季が入っていることが窺われる。

「これはだれでも触ることができるの？」

「データだけは学内のネットワークに組みこんであるから、とくに若手の教員たちは自分のパソコンでどんどん利用してるよ。各自の机からこの資料係へ送ればいいんだからね。無論、パスワードがないと入れないし、他人のデータを見ることもできない。勝手に消すこともできない」

「盗まれたのは、個人データかね？」

「結果的にはそういうことになるだろうが、強盗の狙いはまったくわからんね。このシステムには近代文学の研究書、教育史の資料、専門誌の目次のデータベースなども入っているが、書誌的な事項だけなら他の大学のデータベースを利用しても同じことだからね。ただし、専門誌のデータベースは自慢じゃないが、ウチのが最も網羅的で使いやすい。古書の資料にしても、購入したものに限ってだが、わりに充実していると思うよ」

「しかし、それは人を殺してまでも、手に入れたいものかね」

「そういってしまえば、身も蓋もないがね。現に殺されている」

「それは論理的に成り立たないよ。ここで問題なのは、犯行の動機じゃないか。物取りか、はたまた怨恨か」

「じつのところ、まだ何にもわかってないんだ。少なくとも、警察からは知らされていない。たとえば、どの程度の電子データがなくなっているのか、本や資料のうち、正確に何が盗まれているのか……。いずれ、わかるだろうがね」

都築は移動式書架の前に立つと、スイッチを押した。手前の一つの棚がくぐもったような鈍い音とともに動いた。七段ほどの書棚を天板の上まで利用し、あらゆる隙間までビッシリ詰め込んだ蔵書群である。マジックインクで記された見出しには、泉鏡花、加賀耿二、島田清次郎、藤沢清造、室生犀星などの作家や坪野哲久、西出朝風のような歌人、野村喜舟のような俳人から、さらには中谷宇吉郎、藤岡作太郎のような学者にいたるまでの著書や資料類が並んでいた。惜しいのは、スペースの節約のためか、棚と棚との間隔が狭すぎて、私のように太り気味の人間には、中へ入るとしゃがむのも不自由なことだった。

「前学長が石川県の出身なので、郷土の文学者や著名人の資料に力を入れていた名残さ。笠井が学長をおだて上げて金を出させる手段だったかもしれないがね。いずれにせよ、現在の二代目は全然関心がない」

「しかし、網羅的なコレクションだね。地方の文学館よりも充実してるんじゃないかな」

私は島田の『大望』、藤沢の『根津権現裏』、加賀の『清水焼風景』などコレクター垂涎の本を何冊か取り出してみた。

「この紙はどういう意味？」

棚のところどころに、×印をつけた厚紙が挟んであるのが、異様に思われた。

「これはね、強盗が持ち出した本があった場所さ。手当たり次第に引っこ抜いていったという感じだね。床にずいぶん落としていったので、集中的に盗まれた場所がわかったのさ。そうでもなければ、何と何が盗られたのか確認に時間がかかったろうね」

私は少し離れた位置から書棚を見渡した。×印の厚紙がある箇所は、下から四、五段目に集中しているような気がした。奥の方は暗くてわかりにくかったが、どうやら被害は入口に近い棚に集中しているようだった。

「コピーもずいぶんあるようだね」

書棚のところどころに、単行本や新聞雑誌の記事を綴じたファイルがある。たとえば加能作次郎の第一短編集『世の中へ』は、原本が入手できなかったのか、分厚いコピーのファイルを三冊に分けて綴じてあった。

「これは、古本屋に依頼してコピーしてもらうのさ。近ごろはオリジナルが手に入りにくいし、高いので、古本屋が手持ちの資料をこのように複写して売るようになってるんだ。マイクロフィルムもたくさんあるぜ」

「話には聞いてるけど、そんな時代になったのかね。それにしても思ったより充実してる。大学の資料本の書庫にはもったいない」

「また皮肉か。たしかにこの学校は、蔵書の割には近代文学の研究者がいないからなあ」

「あのう、あたくしをお忘れになってはいません？」

やせた長身の女性が入ってきた。化粧っ気のない丸顔は鼻も口もチマチマと小ぶりだが、大きな目だけは何者も見逃さないというように油断なく動いている。年齢は三十代の前半か。

男ものの紺色のジャケットを着て、左肩から明るい灰青色のトートバッグを提げている。

「おっと、忘れていた」都築は相手の意を迎えるようにいった。「真鍋先生。当校の若手講師ナンバーワン、ペンネームを奥村という期待の新星だよ。こちらは喜多さん」

「若手とはすさまじいわね」

真鍋講師は苦笑しながら軽く会釈すると、ピジョンホール架のところへ行き、自分宛にきている資料を手早くバッグに押し込んだ。

「奥村先生というと……」私はふと思い出していった。「もしかしたら『難読と誤読のエクリチュール』の奥村百合菜さん？」

「おや、まさか読んでいただけたんじゃないでしょうね。奥村百合菜はペンネーム。この学校では真鍋敏子という、いたって融通のきかない名前で出てまあす……」

蓮っ葉な調子でいうと、パソコンに覆いかぶさるようにしながら、何やら入力をはじめた。

『難読と誤読のエクリチュール』は昨年いくつかの新聞書評で採り上げられた研究書と教養書の中間のような本で、日本語が元来表記や訓読が厳密でない特質（欠陥）があるところを、近代の作家たちがその特質を改善することなく、むしろあぐらをかいて表現活動を行ってきたとし、さらに戦後の国語改革が混乱に拍車をかけたと主張している。実証性に問題があるにしても、才気の感じられる構成と文体で、内容も戦後の六三制世代に属する私などには肯ける点が多かった。

「喜多さんって、本を書く人でしょう？　そういえば古書会館で見かけたような気がするわね。このパソコンのデータが消えたっていう話でしょう？　正確にいうと今年度分のデータが消えたっていうこと。少なくとも私に関する限りはね。おっと、暗証番号が見えちゃうわね」

　彼女が検索ボタンを押すと、たちどころに十数点の文献名が出たが、いずれも請求年月日の欄は昨年の日付だった。永井威三郎（ながいいさぶろう）『日本の米』（大日本雄弁会講談社、一九四三）、同『随筆野菜籠』（天然社、一九四六）、『風樹（ふうじゅ）の年輪』（俳句研究社、一九六八）……。著者は永井荷風（かふう）とは八歳ちがいの実弟で、農学博士。長らく不仲だったことが『断腸亭日乗』から窺われる。

「荷風の研究をなさってるんですか？　この『風樹の年輪』はなかなか見つからないでしょう」

「あっても高いしね。自腹じゃ買えないから学校で、と思ってるんだけど、この学校はケチで、講師の資料代は年間五万円までだから、どうなることかしら」

「どんどん印税を稼げば」都築はニヤニヤしながら、「こんな本の十冊や二十冊は、どうってこともないだろうに」

「インターネットを使えば、古本なんか自分でどんどん探せる時代だけど」真鍋は都築のいったことが聞こえなかったようにいった。「ここのデータベースは戦前戦中の文献がかなり入っているし、それに専門書ばかりでなく雑本もたくさん含まれているのが魅力なのよね」

「今年度分だけが消えたというのは、どういうことですか？　ハードディスクかCD－Rにデータを年度別にして保管していたということですか？」

「長沢さんのやり方だと、過去のデータは全部累積して、バックアップをとっていたんじゃないかしら。最新の分は、昨年までに累積したデータに、つい最近の二、三か月分ぐらいの請求図書とか、購入記録とか、古書目録のめぼしいデータとかをつけ加えたものというわけ。それがなくなったと思えばいいでしょうね」

「ちょっと待ってくださいよ。いま都築に聞いた話では、もとのパソコンが盗まれたため、そこに内蔵されていたハードディスク上のデータが使えなくなってしまった。しかし、その後で別に保存してあった昨年までのデータを投入して、いま私が見せていただいた程度にまでは回復した、ということですか」

「そういうことよね。いま残っているデータは、別に保管してあった古いCD－Rをそのまま使っているだけなの」

「その古いCD－Rはどこにあったんですか？」

「後ろのキャビネットよ」

真鍋は素っ気ない調子でいった。都築が補った。

「ガラスがないのは、犯人の仕業さ。そこに出版文化賞の副賞の盾があったからだ。犯人はその重い盾で長沢司書の頭をガツンとやったんだよ」

デスクの背後にある時代ものの書類戸棚は、上下六段になっていて、これも乱雑に書類や段ボール箱、ケーブル類が詰め込まれていたが、上三段は新しくガラスを入れる暇もなかったのだろう、素通しになっていた。

「バックアップというからには、当然今年度の分も普段からとっていたわけでしょうね」

「ああ、それはそうよ」真鍋が当然という顔をした。「私はときどき単純なデータ入力ぐらいはお手伝いしたから、彼女が小まめにバックアップをとっていたのは知ってるわ」

「そのCD-Rも、やはり同じところに保管していたんでしょう?」

「さあ、そうだと思うけど。こんな狭いところに、そういくつも保管場所があるわけはなし……」

「変ですね」

「何が変なの?」

「そうじゃありませんか。犯人はパソコンを盗んだあと、その書類戸棚から、今年度分のデータをバックアップしたCD-Rだけを抜き取っていったことになりますね。前年までのバックアップは残して……。CD-Rなんて、せいぜい五、六枚でしょう? そんなに嵩の張らないものなら、簡単にポケットに入るじゃありませんか。それをいちいち年度を見て、今年度分だけを選んで持ち出したのはなぜでしょう?」

「たしかに変ね。気がつかなかったけど」真鍋は戸棚の一角を指した。「その辺にプラスティックの黒いケースがあって、CD-Rをまとめて保管していたんだけど」

「ほかのものは盗られなかったんでしょうか？」

「さあ、本を何冊か盗られたそうだけど、私は詳しいことは知らないの。この部屋の室長に聞いてよ」

「ああ、あいつはダメだ」このときドアが乱暴に開かれて、笠井の大きな、分厚い身体が入口を占領した。「あんな爺さんはパソコンと絆創膏の区別もつかないんだから。この資料室のことを知ってるのは、さしずめそこにいる真鍋女史か……」

「ご自分か、と仰しゃりたいんでしょ？」

彼女は露骨な敵意を示した。

「まあ、データベースの構築にいささか貢献いたしましたのでね。――それはそれとして、喜多さん」

「はあ、何でしょう？」

私は虚をつかれて、ポカンと相手の顔を見た。

「都築先生のお知り合いということですが、ここはまだ警察の捜査が入っておりますのでね。それに、今日はそろそろ教授会の時間でして」

「ひゃー、忘れとった！」都築はタイミングをとらえた。「わるいな、喜多センセ。今度会ったらコーヒーでも飲もう。おれは夏休み中、もう来ねえけどな」

都築は握手を求めてきた。汗ばんで、ぶよぶよしていた。

三

「先生、その辺でお茶でもいかがです？」

校門を出たところで、私は真鍋講師に追いついた。

「さあ、わたくしって、割と忙しい人なのよね。またいつか、拙著の感想を聞かせて」

「先々週の土曜日に、そこの大原書店に入った窃盗が、そっくり同じ手口なんですよ。いま聞いてきたところなんです」

「へえ、そうなの」彼女はじっと私の顔を見た。「亡くなった長沢さんとは、図書館の仕事が本業ということで親しみを感じていたことだし……、私なりにいろいろ思うこともあるし……。いいわ、厳密に三十分よ」

夏休みの夕刻、学校の周辺には犬一匹見えなかった。

「長沢さんという人は、どういう方だったんですか？」

斜向かいにあるベル・デ・バル・キラードという長ったらしい名前の喫茶店に入ると、私は時間を惜しむように質問を始めた。間近で見る彼女は意外に肌がきれいで、顔の造作も単に小ぶりということだけではなく、立体的な印象を受けた。かすかにデオドラントらしき匂いがした。

「そうねえ、あまり詳しいことはいわない人だったけど……、お父さんが学者だったとか、早くからお母さんを亡くして、自分は図書館司書の資格をとって、企業のシンクタンクとか、公共図書館の司書などをしたあと、コネがあって国際文化大学に就職したといっていたわね」

「結婚は?」私は、真鍋講師の左手に結婚指輪があるのを見逃さなかった。

「彼女、独身だったの。いえね、結婚する気はあるとはいってたけど」

「男っ気はなし?」

「ぜーんぜん。朝は十時に来て、夜はきっちり六時に帰っていく。そういう勤務生活をあくことなく十五年も続けてきた人よ」

「一日中、パソコンの前に座っている?」

「まさか、そういうこともないけどね。資料集めっていうのは、けっこう雑用もあって、本屋へ行くこともあるし、資料収集の研修会なんかの委員も務めていたし……。ほとんど一人で担当していたからねえ。そりゃ、教員の論文の書き入れどきには、バイトも何人か来ていたけど」

「事件のあったのは日中でしたっけ？」

「いいえ、夕方だったそうよ。夏休み中で、教員の論文資料の収集やスクーリングの準備などで、庶務の人たちは何人か学校に来ていたらしいけど、三時半ごろには帰ってしまったらしいの。事件の起こったのは五時ちょっと過ぎで、これはかなり正確にわかっている。というのは、長沢さんは襲われる直前にある古書店あてに注文のメールを送っているらしいの。当然、それを店が受けた時間は、自動的に宛先の受信トレイに記録されることになるわね？たしか……送ったのが五時三分過ぎだったかな。本屋のほうにも五時五分過ぎぐらいに受信したという記録が残っているの。死体の発見者は守衛で、五時十分過ぎぐらいには、すでに亡くなっていたということよ。つまり、彼女が襲われたのは五時三分以降十分過ぎぐらいということになるわね。解剖による死亡時間もだいたい合っているそうで、まあ帰る直前の時間を襲われたということでしょうね」

「守衛は、怪しい人間を見てないんですか？　学内には、だれもいなかったんですか？」

「土曜日の夕方だし、スクーリングの学生は授業が終われば、ほかに楽しみがいくらでもあるから、サッサと帰ってしまうし……。学内には一時的に隠れることができる場所はいくらでもあるわ」

「すると、犯人は意図的にうまい時刻をねらったわけだ」

「感心してはいられないのよ。じつは長沢さんが最後に注文した本は、その前日に私が発注依頼をしたドーザの『言語地理学』という本だったの。他人事とは思えないわけね。大学の発注システムは、よほど高価な本以外は担当教授の決裁も必要ないんだけど、いちおう書式がきまっているので、長沢さんはその手続きのために伝票システムに打ち込んでいたの。当然パソコンにはそのファイル作成の時間が記録されるわね。それをプリントアウトしたものが残されているのよ。こまかい話になるけど、その伝票の作成時刻が午後五時二分過ぎ、さらに相手の書店にメールで発注をかけたのが五時三分過ぎということになるの」

「なるほど、犯行の時刻が結果的にコンピュータに記録されてしまったわけだ。電網恢々(でんもうかいかい)――」

「そりゃ、カメラでもつないであれば、それこそ電網恢々で、犯人の顔もバッチリ映ったでしょうにね。ウチの学校は防犯ということでは、日中の監視役は頼りにならない受付の爺さまだけでしょう? 五時以降は下請けの警備会社に頼んで戸締まりをチェックしてもらうっていうだけ」

「しかし、まさか内部の犯行じゃないでしょう? 警察は何といってるんですか? 最近流行のオフィス泥……」

「その可能性は高いでしょうけど、いちおう私たちも調べられたわよ」

「そうだったんですか」

私は思わず膝を乗り出そうとして、一瞬ためらったが、彼女は今回の経験をスリリングなものとしてむしろ楽しんでいるらしく、声のオクターブが上昇してきた。

「面白い話があるの。私はね、当日はスクーリングが終わって、三時半ごろに資料図書館の前を通りかかったんだけど、忙しいので入口のところにいた長沢さんとちょっと立ち話をしてから大学を出たの。三時四十分過ぎぐらいだったかしら。それが元気な長沢さんの見納めだった」

「土曜日なのに、長沢さんはずいぶん遅くまで仕事があったんですね」

「また笠井教授あたりに、面倒な仕事を命じられていたんでしょうよ。長沢さんと別れたあと、私は——あんなことになるとは夢にも思わないでしょう?——ブラブラ駿河台下へおりていって、新刊書店を二、三軒まわって、五時過ぎにはすずらん通りの古書店にいたことが証明できたので、アリバイはめでたく成立したわけ。じつは、その店は問題の『言語地理学』を目録に載せていたので、まだ売れていないかどうか、気になって入ってみたの。行きつけの店だしね」

すずらん通りは、古書店の主力が並ぶ靖国通りから一つ南側に入った商店街である。

「もう一つあるの。長沢さんの発注メールには、本の値段が書き込まれていたんだけど、目録の値段を見間違えたのか、三千円のところを二千円としていたのね。その店では、早速メールを開いてみて値段のミスに気がついたんだけど、私が『いまなら長沢さんは資料図書館にいるかもしれない』といって、店から確認の電話をしてもらったわけ。その時間の電話は守衛室に廻されるんだけど、頼んで長沢さんを呼び出してもらったの。ところが、いくら呼んでも出ないし、出勤簿には退出のサインがないし……、おかしいと思って資料図書館に行ってもらったら、亡くなっていたというわけ」

「……すると、その日は真鍋先生のほかに、どなたが資料図書館へ立ち寄られたんですか？都築先生や笠井先生は？」

「さあ、都築先生は当日、学校に出てこなかったそうよ。『よかった、危ないところだった』なんて繰り返し仰しゃってましたからね。あの先生って、気が弱いのね。すぐオタオタしてしまうんだから」

「学生時代からそうだったな。笠井先生は？」

「そう、問題は笠井先生ね。何か論文の資料のことで学校へは出てきたようだけど、肝心の五時ごろのアリバイははっきりしないということで、だいぶ調べられたようよ。なんでも夕方は古書会館の展覧会に行ったとか……」

「そのほか、資料図書館に出入りしたのは？」

「あと二、三人ね。国文の内海先生、英文の細田先生、仏文の富岡先生……。でも、みんな私と同じで、いちおうアリバイがあるそうよ」

「当日、だれが来校したか、いつ退出したかを、どんな方法でチェックしてるんですか？」

「いまも話した通り、私たち教員は守衛室の傍にある出勤簿に自分でサインをするのよ。来た時刻と帰る時刻を記入してね。でも、自己申告制で、正確な時刻はあてにならないかもね」

「すると、守衛が居眠りをしているとか、帰ってしまったあとなら、自由に出入りできるわけ？」

「そういうことね。それから校舎の裏には隣の病院の敷地につながる古い木戸があるのよ。ずっとむかし、学校の近隣に建物がないころに私道として使っていたらしく、雨の日などに職員が駅への近道として、非公式に利用しているの。こんな具合だから、学校のセキュリティなんて、ないも同然なのよ」

彼女はケロッとした顔でいい放った。

「しかし、いろいろなことをよくご存知ですね」私はつい口に出してしまった。「事件後、まだ一週間しか経っていないのに」

「そりゃそうよ。自分自身に関わることですからね。たった一週間といっても、その間に教授会が四回も開かれたのよ。私は講師なので出られないけど、都築先生が逐一情報を漏らしてくれるの。それに、お互いに滅多なことをいわないように、口裏を合わせたりする必要もあるでしょう？　まあ、大部分は私のほうから聞き出したというほうが正しいかもね」

「長沢さんという人は堅物らしいけど、ほんとうに恋人の一人もいなかったんですか？」

「事件の背景？　長沢さんに関しては、それはないわね。案外、マニアックな人にはモテるところがあったように思うけど……。そうそう、都築教授なんかは気があったんじゃないかな。ほかの先生よりも頻繁に近寄っていたというのは、いまから考えてみると怪しいわね。現に、あのパソコン嫌いの先生が、いつの間にかキーボードをポツポツ打つぐらいはマスターしたんだから」

「あれで、学生時代からマメな性質でね」

「ふーん、そうなの。……ああ、おかしい」

笑うと唇がかたちのよい小判形になる。コーヒーが運ばれてきた。周辺の学校も、夏休みに入ったらしく、学生の姿は疎(まば)らである。

「で、その古本屋に賊が入ったというのは、どういうこと？」

「私も又聞きで、よくは知らないんですが、こちらの大学の事件よりちょうど一週間前に、大原書店へ侵入してパソコンを盗み、古本を二百冊ぐらい盗んでいったというんです。とにかく似ているでしょう？」

「似てる！　データも今年度分だけ盗まれていたってわけ？」

「いや、パソコンごとそっくり運び出されているんですよ。ディスプレイもキーボードも、まるごと全部です」

「ウチの場合は、どういうわけかモニターは残していったという違いはあるけど、きっと同一犯人だわ」

「そうかもしれませんね。いくら空き巣が流行っているといっても、骨折って重量のあるパソコンや面倒なデータまで盗み出そうとするのは特殊なドロボーで、盗品の売却以外に何か目的があると思います」

「ウチの学校はたったの二十冊だったそうだし、具体的には何の本か、まだ公表はされてないけど、あまり騒がないところを見ると、金目のものじゃなさそうね」

「あの書庫には自筆の書簡や日記があるんですか？」

「そりゃもう、内田魯庵（うちだろあん）や水野葉舟（みずのようしゅう）や薄田泣菫（すすきだきゅうきん）あたりだったら、ゴロゴロしてるわよ。いくら廉（やす）いときに買ったとはいえ、書簡が茶封筒に入れられて、本と一緒に無造作に立てかけてあるのよ」

「大学にとっては、書簡も骨董品ではなく資料にすぎないんでしょうからね」

「それにしても、古書価で何十万というものが目の前にぶら下がっているのに、廉い本を盗んでいくというのは間抜けなやつだわね。……このコーヒー、ちょっと酸っぱくない？」

　窓の外はようやく暮れなずんで、向かいの灰色のモルタル塗りの建物は木下闇（こしたやみ）にかくれてしまった。私は、思いついたことをたずねた。

「……大学の資料は、蔵書印を捺してあるんでしょうね？」

「もう、ベタベタ！　日記や書簡にまで捺しちゃうんだから。前学長の名前から来た達川（たつかわ）記念文庫ってハンコがあるかと思えば、その脇に国際文化大学なんて無粋なハンコが麗々しく捺されてる」

「それから学部名に図書番号に……」

「収蔵年月日。笠井教授の集めた本には、エッチな蔵書票まで貼ってあるんですからね」

「エッチな？」

私が聞き返すと、彼女はここぞとばかり、身を乗り出した。

「それがね、ドイツ人か何かの爺さまの学者が、書斎で本を読んでると、そのうしろから裸の女性が近寄って、学者の薄く残った髪の毛を、こういう風にチョロチョロとつまみ上げているの」

「はあ……」

「エッチでしょう？」

「そういわれれば」

「エッチよ！」

彼女は大声で断定した。手持ちぶさたで立っている店員が、こちらを見た。

「それは、何かの寓意なんじゃありませんか？　外国の蔵書によくある……」

「寓意なんて、高級なもんじゃないわ。あの男は、ちょっと前までは研究室で女子学生をさわろうとするので有名だったのよ。最近は、セクハラの規定ができたので、自粛(じしゅく)してるらしいけど」

「もしかしたら、先生にも……？」

「それはないわよ」彼女は一拍置いて、胸を反らした。「そんなことをしたら、タダじゃおかないという意味よ」

「笠井教授というのは、先代の学長の覚えが非常によかったようですね」

「先代っていうのは、要するに二代目のぼんぼんで、腰巾着(こしぎんちゃく)みたくへエコラするやつに乗せられちゃったのよ。同じ学校の先輩後輩だし、同郷っていうこともあったらしくて、意気投合っていえば聞こえはいいけど、要するに親分子分だわね。一時はナンバーツーと目されて、学内を『この大学はオレのもんだ』って顔で歩いていたそうよ。予算なんか取り放題で、何でも好きなことができたようだけど、あいつは柄にもない趣味があるのね」

「古本ですか」

「ほんとの古本趣味じゃないの。何でも学生時代の史学科の先生に資料を極端にうるさくいうやつがいたらしくて、注を並べれば並べるほどご機嫌がいいってわけ。そこで笠井青年は注釈だけの論文を書いたって噂があるの」

「むかし、『古事類苑』だけで論文を書いた学者がいたと聞きましたが、注釈だけというのもすごい話ですね」

「注釈イコール論文と思いこんだ笠井青年は、あえなく資料の鬼となってしまうわけ。ウチの大学に入ったころから十年間ぐらいは、幸か不幸か大学の拡張ブームで、国際文化大学も背伸びなんかしちゃって、人文学部を新設するなんていい出したの。そのさい図書館の充実を目玉にして、私学助成金をごっそり貰うことができた。二代目は教育者というよりも商売人だったの。笠井青年は――当時はもう助教授だったと思うけど、この動きに便乗して、それまで細々とテキストなんか出していた通信教育部を出版部に昇格させたり、集めた古本の復刻と書誌を兼ねた『近代人物資料集成』を出したりしたというわけ。あの人はオリジナルな研究論文は書けないけど、資料を集めたり復刻したりということは得意なの」

「ずいぶん詳しいですね」

「そりゃあ、アンチ笠井派は多いから、学内で流通している彼に関する情報量たるや相当なもんよ。都築先生から伺ったことも多いわね。私も四年前に講師になったんだけど、一週間ぐらいで笠井のパンツの色まで知ってたのは、都築先生のおかげ。まあ、私としたことが少少ハシタなかったかしら」

「少々ね。都築もあまり笠井先生に好意をもってないような気がしますが」

「そりゃ、都築先生はおとなしいけど、笠井を嫌ってることでは学内一でしょうね」

「しかし、笠井先生は現在それほど羽振りがよさそうにも見えませんが」

「それはね、二代目が若死して、後ろ盾を失ったからよ。学長には子どもがいなかったので、奥さんの兄にあたる人を継承者にしたの。これが硬骨漢というか、笠井みたいなオベンチャラ男とは根っから気が合わないの。ナンバーツーの座を一挙にすべり落ちたというわけ」

「人事のことはわからないけど、普通はおめおめと大学に残れないでしょう?」

「よそへ行きたくても、拾ってくれるところなんかどこにもないからね。ウチだから教授面していられるけど、よそでは助手にもなれない人だから」

「たとえば、辞めてもらおうという動きはなかったんですか」

「あったことはあったけど、彼は全盛期に身内を評議員に送り込んでいたので、辛うじてクビがつながってるという話よ」

「いろいろあるもんですね」私は溜息をついた。「『近代人物資料集成』といえば、さすがに少し古くなったけど、私のような仕事をしている人間には、いまだに基本的なツールとして重宝な本なんです。ひところ、笠井という名前には一目置いていたもんですがね」

「それは、凄いエネルギーを発揮した人だと思うわよ。一つの大学の図書館をつくってしまったんだから。けど……」

「けど、何ですか」

彼女はしばらくいい淀んでいたが、出てきたことばは突き放すような、烈しいものだった。

「学者としては、知的生産の土俵にも上がれない幕下だわね。『資料集成』だって、出版文化賞をとったことで天下に名をとどろかせたと思いこんでいたようだけど、自分のしたことは企画だけで、実地調査は当時の助手かアルバイトに任せきり。執筆したのは私のような安い報酬で雇われた講師とか、他校の助教授クラスだった。あのころは高度成長期で、学生もネズミ算みたいに増えるわ、寄付だっておもしろいほど集まるわという時代だったからね。いわば、バブル教授の先駆よ」

「バブル教授ですか。手きびしいな」

「とにかく、学問に対して熱いものが感じられないヤツばかり。それに……」彼女は急に気がついたように大きなプレート形の腕時計を見た。「ややや、経過時間、四十分とは！　本日はこれにて打ち止めとせざるを得ず。消費税はよろしく負担されたし！」

いつの間に用意していたのか五百円硬貨を、五目並べよろしくパチンと置いた。私があわてて小銭入れを探っているうちに、もう彼女の長身の姿は出口から消えかかっていた。

四

ひょんな経緯から真鍋講師の話を聞いたことで、この事件に対する私の関心は大いに高まった。それまでは、大原書店との関連性も意識していなかった。せいぜい、明文堂との話にも出た二、三年前のトラック乗りつけ窃盗事件の真似ぐらいにしか思っていなかったのだ。

明文堂に隣接する文学書専門の玄月(げんげつ)書房は、大正時代に建てたいわゆる看板建築の二階部分が居住に適さなくなったので、近年は中央線沿線にマンションを購入し、そこから店舗に通っていた。当然ながら夜間は無人となる。このことを知った窃盗グループが夜間に引越業者を装って、堂々とトラックを三台も横付けし、店内に腰を据えてめぼしい本をごっそり運び出した。

古書業界では、窃盗事件があると迅速に具体的な書名を記した品触れが回覧されるので、犯人が転売しようとすれば、たちまち通報されてしまう。一冊数十万円の初版本が、闇から闇へ流通していく可能性もないわけではないが、通常の古本は処分ルートが限られている。ましてやトラックで何杯という大量の古書になると、いかに工夫しても処分しきれず、持てあますのが当然である。

つまり常識で考えれば、一冊二冊の稀覯本を盗むことはあり得ても、並の古本を大量に盗むことはあり得ない。ドロボーはいったい何を目的に、すぐ足のつくものを盗もうとしたのだろうか？　玄月書房の事件が起こった当座、同業者たちが首をひねったのはこの点であった。本屋に恨みのある者のいやがらせではないかという説までとびだして、一時は賑やかなことだった。

結局、大山鳴動してネズミ一匹、一か月後につかまった犯人たちの自供によると、古本が高いので転売すれば儲かるだろうと思いこんでの犯行にすぎなかった。古本界の事情にまったく無知な、衝動的な犯行だったのである。

「不況の時代には、常識では考えられない事件が起こるっていうけど、ウチの業界も例外ではなかったわけだ」

明文堂は総括した。

今回の事件は、一層不況が深刻化したなかでの、一層常識では考えにくい事件といえるかもしれない。パソコン上のサイトや蔵書検索システムデータを盗んでも、それがそのままカネになるわけではない。電子データである以上、日常的にバックアップをとるのが当たり前で、その結果、どこかにコピーがあると考えるのが常識であろう。物理的に機械だけを盗み出しても何にもならない。形のある財物を盗むのとは、本質がちがうということが、この窃盗犯にはわかっていないのかもしれない。

もう一つは、同時に古本が盗まれていることである。どのような書目であるかは明らかにされていないが、稀覯本が含まれているという情報はない。目あてはパソコンで、古本を盗んだのは容疑を逸らすためということも考えられる。

しかし、大原書店の窃盗については、トラックを乗りつけながら、本をあまり盗んでいかなかった理由がわからない。偽装なら偽装でもっと大量に盗むか金目の本を奪わないことには、窃盗らしく見えないことになる。無論、犯人は玄月書房の先例など知らないであろう……。

以上は漠然とした推測にすぎない。実際に判断を下すには、なお詳細な事実を知る必要があるわけだが、私にはそれ以上首を突っ込む口実がなかった。単なる好奇心や野次馬根性では、立ち入ったことを聞き出すのはむずかしい。神保町古書組合のサイトも、あれ以後は機能が大幅にダウンしてしまい、二か月近く経っても「工事中」の表示しか出てこないところを見ると、よほど被害が深刻なのだろうか。明文堂にたずねてみても、「さあ、捜査はあまり進展がないらしいよ。何しろ神田署も管内に最近ビル荒らしが多いらしいから、手がまわりかねるんだろうよ」と、関心が薄れていく様子が感じられた。

――九月の半ば、私は鳥取県の米子(よなご)市で開かれた「書物の大学」というシンポジウムに出かけた。これは市内の老舗(しにせ)I書店を中心とする運営母体が、広く公的組織や市民団体などの後援を得て五年前から毎夏あるいは初秋の三日間ほど開催している文化イベントで、出版業界人研修と出版物の流通改善などのための運動を兼ねているが、各年ごとに「揺らぐ出版文化」「二十一世紀の読者を探せ」などというテーマを定め、夜を徹して論じ合ったり、交流を図ったりするため、出版関係者や書店、図書館などからの参加も多く、反響は大きなものがあった。この年で最後ということもあり、私は足を運んでみることにしたのである。

午過ぎの便で米子空港に降り立った私は、混雑する出口付近で知っている顔を見つけた。

「大原さん、どちらへ？」

といってしまってから、余計な質問と気がついた。大原書店は古書店であるが、出版文化の変容は、将来の業態に関わる重要な問題にちがいないからだ。それに、たしか新刊書の取次店をも兼業しているはずだ。オールバックに眼鏡、白皙(はくせき)の容貌は、若いときには少壮の学者を思わせたものだった。

「どちらといっても、喜多さんと同じですよ。『書物の大学』でしょ?」

「ちょうどよかった。あとで伺いたいことがありましてね」

大原豊男は鬢に少し白いものがまじる年齢で、戦後に店を大きくした創業者の二代目であるが、よく父親の遺産を守って事業に近代性を加えている。在庫のパソコン管理を神保町では最も早く実践したのも大原であり、十年近く前に導入した「オフコン」(オフィス・コンピュータ)の高価だったことは、ひところ業界の話題になったほどだ。私とは旧知の間柄であるし、ここは一つ同宿の気安さをもって、例の一件について聞き出すチャンスではあるまいか。

午後の催しは米子市内のコンベンションセンターで開かれ、そのあと参加者たちはバスに乗り、空港から四十数キロの大山の麓に移動した。全部で四百人以上の参加者のなかには、顔見知りの編集者や図書館員が多かった。

宿泊先のホテルで人工のミネラル温泉に浸かり、山菜中心の夕食も終えて、一同が自主分科会などに出払った後、私は三階の部屋の欄干からぼんやり外を眺めていた。昼間見た大山が、吉田東伍の名著『大日本地名辞書』(一九〇〇)にある「山勢雄偉、一望人を動すの概あり」という表現通りなのに感じいったが、いまは薄明かりのなかに大きな兜を伏せたような山の影が黒々とした量感をもって迫ってくる。いつまでも暑い今年の夏だが、さすがに山中ともなれば空には銀河が鮮やかな姿を見せ、大気が冷たく感じられる。私は冷房が不要というだけでも、すがすがしい気分になっていた。

「おや、分科会には出ないの?」

相部屋の六つ敷き並べた布団をまたぐように、浴衣(ゆかた)姿の大原が入ってきた。聞きたいことがあるという私の言を思い出し、探しまわっていたようだ。

「暑さに参ってね」

「私もそうなんです。それに分科会のテーマが、あまり古本屋には関係ないんで」

大原は苦笑いしながら、広縁の籐椅子に腰かけた。世間話のあと、私は盗難事件に話をもっていった。

「ほんとは口外するなといわれてるんだけど」

大原はいちおうは渋ってみせながら、だれかに話す機会を待っていたかのように、膝を進めた。それによると、事件が起きたのは七月二十四日の夜十一時ごろで、土曜日を狙ったのは、翌日が店舗の休業日なので、月曜日まで発見されにくいという理由と思われる。時間がある程度特定されるのは、明文堂の社員の目撃証言による。彼はその日、学校などの夏休み前に送らなければならない在庫目録の校正に手間取り、店を出るのが十一時近くになってしまった。帰り道は駿河台下の交差点を渡って御茶ノ水駅へ行くのだが、歩きながら一本目の枝道の右側に何気なく目を向けると、大原書店の前に小型トラックが止まったところで、ちょうどライトが消える瞬間だった。その道は、入ってすぐ左側に東京古書会館があり、五十メートルほど行くと右側に大原書店があるのだが、夜間は暗く、ほとんど車の通りもない。

「こんな遅い時間に、何だろう」と思ったので、事件が起こったときすぐに記憶が蘇った。明文堂からこの道までは徒歩で五分ほどなので、トラックが止まったのは、ほぼ十一時ごろと見てよい。

「ウチはその日は最後に残業していた社員が十時までには終わり、全部消灯のうえ施錠してから帰宅している。もう一つは、その夜に神保町のサイトにアクセスしてきた何人かのお客さんたちが、応答がないことに気づいたのが十一時過ぎなんだね。犯行に要した時間は、だいたい十五分から二十分もあれば可能でしょう。鍵を開けるにも、いま流行のピッキングとやらを使うと、かなり簡単らしいね。侵入したやつらは、まずパソコンの配線を外して持ち出したあと、そのへんにある本を盗んでいった。それだけのことをするのに、多く見積もっても二十分はかからなかっただろうね。鍵のあるドアは入口だけで、それでも三か所に錠をつけておいたんだがね。パソコンのほうには、パワーを入れたりするときにはキーを使うようにしたり、データにアクセスするさいのパスワードを厳重にしたりして、対策はとっていたんだが……。そちらのほうにばかり気をとられて、肝心の建物のほうがお留守になってしまったといわれても仕方がないね」

「犯人の人数は？」

「一人ないし二、三人。推定だがね」

「どんな本を盗られたんですか？」

「去年に出した在庫目録と照合した結果、大方は判明した。全部で二百冊程度と見ていいと思うが……」

大原はポケットから手帳を取り出し、挿んであった皺くちゃのメモ用紙を渡した。細字で五、六十点の書名が記されていた。海原徹『近世私塾の研究』（昭五八）、阿部重孝『欧米学校教育発達史』（昭五）、下条康麿『社会教育の理論と施設』（昭六）、三井光三郎『愛国婦人会史』（大四）、千田稔『維新政権の直属軍隊』（開明書院）、戸田貞三『家族と婚姻』（昭一九）、藪内清編『天工開物の研究』（昭二八）、白鳥芳郎『華南文化史研究』（昭六〇）、文部省『学制百年史』（昭六〇）、中根君郎『瓦斯鐙会社の人々』（昭四六）、直良信夫『近畿古代文化論考』（平三）、塩田力蔵『東洋絵具考』（昭一七）………

「こりゃ、学術書ばかりですね」私は半分も見ないうちに面倒になった。「専門外の本はよくわからないけど、分野もバラバラで……」

「たしかに、特定の専門分野を狙ったのでもなさそうだし、高額な本ばかり選んでもいない。全集叢書の揃いものや、上下とか上中下などの分冊ものにも手を出していない。値段にしても『天工開物の研究』が八、九万ぐらいするほかは、せいぜい一万数千円程度の本ばかり。『欧米学校教育発達史』を盗んで、そのすぐ横にある文部省の『欧米の公民教育』には、値段が倍ぐらい高いのに手をつけていない。付け値はいったんパソコンに入れてから伝票に打ち出して、本に挿むというやり方なんだ。オンラインで注文があれば、係が棚から現物を取り出し、伝票と照らし合わせるという仕組みで、とくによそと変わらない。どの本にもそれぞれ一定の背番号をつけているので、在庫がなくなればシステム上で一目瞭然となるわけ」

「さすが大原さん。整然としてますね」

「いや、古本の在庫管理といっても、それほど変わった方法があるわけじゃなし……」

「犯人は本に挿んである伝票を見れば、高い本かどうかわかった筈ですね？」

「それはそうだが、もし犯人が古書価について明るくないとすると、この手の本はいちいち値段を比較していたら、時間がかかって仕方がない。この種の本は、システム装置のある部屋のすぐ隣に保管してあるんだがね。専門書は日本史、東洋学、考古学、教育、日本美術、郷土史、民俗、風俗など――ウチ独特の分類だが――名の通ったものだけでも常時三万点はストックするようにしているので、かなり本のわかるやつが見てもどれを盗むかという段になると、迷うんじゃないかな。そうかといって、高そうな本ばかり選んでいては時間をくってしまう。最近は、都心のちょっと大きなオフィスにはセキュリティ業者が入ってるから、時間を費やせば見つかる危険性も高くなる。結局、何年かまえにお隣がやられた時のように、ゴッソリ持っていく以外にないことになるね」

「それなのに、二百冊だけ持っていったということは……、どうお考えですか？」

「手当たり次第というか、アトランダムというか。ウチの棚を見ていただければわかるんだが、書庫に入ってから奥へ行くに従い、日本史、東洋学、考古学、教育といった順に分類棚を並べているわけで、盗まれた本はその書棚の通路から最も近い箇所に集中してるんだね。それも下から三、四段目あたりかな。特注の書棚だから八段あるけど、その四段目というと一メーター十から三十ぐらいかな。釈迦に説法かもしれないが、学術書はA5判が多いんで、棚の高さを二十七センチとっておけば、それより小さいB6判にも兼用できるんだ。なかには大判のB5以上のものもあるので、下二段分ぐらいは三十センチ以上とって対処することにし、それでも入らないものはヨコにしたり、段ボール箱に入ったセットものを入れるかして、別の場所に積み上げているわけ。そうなると下から四段目あたりが大人の背丈で肘の辺にくることになるので、四段目前後が最も出し入れがしやすい位置になるだろうね」

「だいたいわかりますが、一度機会があったら見せていただきたいですね」

「どうぞどうぞ。しかし、営業用の棚なんか、あっちこっち本が出っ張ったりして、見苦しいものですよ」

どこか下のほうの階から拍手が聞こえてきた。分科会は盛り上がっているらしい。大原は浴衣の懐からタバコとマッチを取り出すと、床の間の隅の灰皿を取りに行ったが、ふとそこに放り出されていた週刊誌を拾い上げると、物差しがわりに壁にあてがいながら、いまの説明を補いはじめた。

「よろしいかね？　ここに棚があるとすれば、下から一段、二段、三段……ときて、ほら、ちょうど四段目あたりに私の肘がくるだろう？　ウチの棚はこの辺を中心に上下三段分に、最も動きの多い本を入れるようにしているんだ。厚い本を背伸びして下ろしたり、屈んで取りあげるのは、量が多くなると重労働だからね。ご存知のように、専門書は平均のツカ（厚さ）が三センチぐらいだが、辞書や資料類になると十センチを超えるものさえある。そういうのは重さが一冊四キロ近くあって、全二十巻の揃いものなんていうことになると、出庫係は往生させられるんですよ。以前は、手首の関節を痛める人も出たので、いらい本の保管場所というか、位置については頭を使うことにしたんだ」

「そういえば、むかし『広辞苑』の編集者が、あまりにも頻繁に他の辞書を参照したので、手首が腫れる職業病にかかったという話を読んだことがありますよ」

「本は重いものというのが、本を扱うプロの認識だろうね」

「なるほど。手抜きする理由はわかりましたが、犯人はその重い本をどうやって運び出したんでしょうかね？」

「それはね、警察にも訊かれた。営業の運搬用にネコ車や台車を備えているんだが、犯人に使われた形跡はないんだ。そこでタイルの床を調べてみると、最近何か重いものを引きずった跡があったそうでね。棚の下の方にある底板の角には、よく調べると布の繊維も見つかっている。警察の話では、頑丈な黒いズック袋のようなものを持ち込んで、そいつを引きずって棚の間を移動しながら、手にふれた本を片端からそのなかに投げ込んでいったんじゃないか、というんだね。たしかにそのほうが、狭い倉庫内では小回りがきくかもしれない」

「賊はそういう面については周到で、よく研究してるようではありませんか。本を万遍なく、手近の棚から効率よく抜き出していったのも、計算した行動かもしれないですね？」

「そうかもしれない。一見、単純で乱暴だが、その底に得体の知れないところがある。あまり可愛くないな。もっとも、ドロボーが可愛くても困るけど」

「その後、捜査の進展はない？」

「警察に知り合いは多いから、何かと情報は入ってくるが、思わしい進展はないようだね。何よりも品触れの本が、二か月近く経っても一冊も出てこないのがおかしい。通常は持ちきれなくて、早晩売りに出すもんだがね。もっとも、ウチの売値で総額七十万程度の商品だから、処分してもたいした金額にはならないが」

　私たちはしばらく無言で夜の薄靄（うすもや）に包まれる大山を眺めていた。麓の森は涼しげに眠っているようで、星が静かに輝きを増している。やがて大原は時計を見ながらいった。

「十一時を過ぎたね。みんなが戻ってこないうちに、さっき階下のレストランで見かけたバーで、軽く一杯やりませんか」

　この晩のホテルは「書物の大学」のために貸し切りとなっているので、レストランもバーもガランとしていた。私たちは少々落ち着かない気分で地酒のグラスを合わせた。

「ドロボーが早く逮捕されることを祈って……」

「まったく、一日も早く捕まってほしいよ。長引けば長引くだけ、おもしろ半分に妙な噂を撒(ま)くやつがいるからね」

「どんな？」

「たとえば、事件そのものが狂言じゃないかとか、盗難にあったのは廉い本だけじゃなくて、ウチが秋の大市に出品予定の江戸後期の肉筆ものを盗まれたんじゃないかとか、そのほかいろいろさ。いったい、ウチがどうして狂言なんかを演じる必要があるのかね」

大原は憤懣(ふんまん)やるかたないという表情で、どんどんメートルを上げていった。私はブレーキをかける必要を感じた。

「国際文化大学の一件は、いやにおたくの事件と似ていると思いませんか？」

「おや、そうだったね。何か知ってるの？」

私は真鍋講師から聞いた話などを中心に、適当に端折(はしょ)って語った。

「たしかに、共通性はあるね。何よりもパソコンを持ち去っている点だ。いまどきパソコンによる文献検索や古書販売のデータベースなんか、全然めずらしくないが、それを狙う盗賊というのはまだ珍しいのが現実だろうね。ただ、ウチの場合は賊の狙いがパソコンというハードウェアそのもので、ソフトではないという解釈も捨てきれないけれど……。神保町は七、八年前ぐらいからオフィス・ブームで、隣の大手町(おおてまち)からハミ出した企業や大手企業の分室などが神保町ウラのマンションとか、雑居ビルに事務所を構えるようになっているんだ。バブルがはじけてからも、その勢いは衰えないで、むしろ都心の地価が下がったために、神保町ばかりでなく、隣接の猿楽町や小川町や錦町などにも入り込んでくるんだ。そこをビル荒らしがつけ込む。盗んでいくのは社内の金庫に保管してある金目のものだが、パソコンなんかもいいターゲットにされてるんだ。それもノートパソコンのほうが嵩張らないし、転売がしやすいんだそうだ」

「パソコンを盗んで、ハードディスク内の高価なビジネスソフトだけをコピーし、それを三本一万円などとチラシ広告で通信販売するような剛の者もあるそうですね?」

「管内が広すぎる上に、その手の連中も捜査対象に含めなければならないので、時間がかかるんだろうね。しかし、ウチに押し入ったやつは本質的にちがうようだが、どう思われますか」

「さて……」私は国際文化大学の資料図書館で感じたことを思い出した。「どうやら関連性はあるように思われますがね、電子データに関する知識のほどが、どうも見当がつかない。あるようでない、ないようであるという、微妙なところが非常によく似ているということです。いったい電子データは容易にバックアップできるし、またそうするのがイロハだから、パソコンを盗んだりシステムを破壊したり、あるいはその場にあったバックアップのメディアを——CD-RでもMOで盗んだとしても、たいていどこかに別のバックアップがあって、復元可能なわけですね？」

「そうだね。ウチの場合も、システム開発を依頼したソフト業者に定期点検やバージョンアップを引き続き頼んでいるから、そちらにもバックアップがある。今回も、基本システムだけは簡単に復旧できたわけだ」

「最近は、外部の利用者にホームページをそっくりコピーされることも考えに入れないといけないでしょう？　つまり、ソフトはいくら破壊しようが、だれかがコピーを持っている可能性がある。情報化してしまっているのだから、物としてのパソコンを盗んだり、叩き壊したりしても仕方がないわけだが、犯人にはそこがわかっていないか……」

「あるいは、そこはわかった上で、こちらには理解できない別の理由で奇怪な行動をとったのか、だね」

「もう一つあると思います。犯人が現場における普段の入力作業やシステム維持のやり方を知っている場合ですね。開発業者に依頼したシステムの根幹については、業者のほうにもバックアップがあるはずで、いくら機械を破壊してもムダである——と、このあたりはいくら何でも犯人がよくわかっているとします。そうなると、犯行の理由は純粋ないやがらせか、そのほかに……」

「いや、それがまったく心当たりがないんだよ」大原の顔は酔いも手伝って、見る見る真っ赤になった。「私は人に嫌われることは一切やってないし、サイトの立ち上げも同業者の発展のためにしたことで、現にうまくいっている。反対者がいるなんてことは考えられない」

「それはそうでしょう」私はいささか慌てた。酔いも醒めかけて、浴衣の裾のほうがスースーしはじめたのに気づいた。「大原さんを嫌う人や、神保町のサイトに反対する人がいるとは思えません。しかし、世の中には常識では考えられない心理が存在しますからね。むしろ、昨今はストーカーに見られるように、何の罪もない人間が徹底的につけ狙われることもあります。一人の人間が、いつどこで、だれから、いかなる印象を持たれているか、わからない時代ですからね」

「うーん、どうかな」

「まあ、大原書店に関しては、それはないと考えてもよいと思います。私は先ほどからお話を伺いながら、一つの推理を組み立ててみたんです。おそらく犯人は大原書店のデータを盗んだ段階で、そこに求めたものがないのを知った。ところが、そのデータを解析していくうちに、必要なものをじつは国際文化大学が持っていることを知り、続けて窃盗を行った……といったことではないでしょうか。いま私が犯行の理由を純粋ないやがらせのほかに、もう一つ何かがあるといいかけたのは、じつはこのことだったんです。システムそのものはバックアップがあるはずだから、犯人も最初から破壊なんて考えない。たとえバックアップが存在しなくても、企業や大学なら多少の時間と経済的犠牲を払えば、簡単に再構築が可能なわけですね。ところが、電子目録や顧客管理のデータはどうかといえば、必ずしも年中バックアップをとっていないのではないでしょうか。事故や誤操作で消えてしまったら大変なことになるので、普段からバックアップをとるようにいわれていますが、大原さんのところはいかがです？」

「それはウチにしてもバックアップの規則ぐらいは設けてあるさ。しかし、私が考え出したルールは厳密に過ぎたらしく、今回は十分に実行されていなかったんだね。ちゃんと実行してさえいれば、万一機械が盗まれたり破壊されたりしても、別の記憶装置やメディアによって前日分までは復元可能なはずで、それも自動バックアップという機能を作動させていたので、だまっていても現在の分まで記録できていた。ところが、実際は最も新しい、入力したばかりのデータに関しては、パソコン内蔵のハードディスクにしかバックアップしておらず、それがパソコン本体と一緒に盗まれてしまったのだから、お手上げさ。理想的には一日の終わりにその日の更新データをCD－Rに移して、どこか別の場所で保管するか、あるいは最近はじまった方法として、インターネット上で記憶装置を提供しているサイトを利用して、そこへこちらのデータを転送しておくといったアイディアもある。いろいろあっても、きちんと実行できないんでは、画に描いた餅さ」

「具体的には、いつからのデータがなくなってしまったんですか？」

「当店の顧客管理については、事件まえ一週間分の客注データと処理状況、在庫目録については事件まえ一か月間の入力分だね。ほかに古書検索のためにサイトの参加店八十店の在庫目録を当社で代行入力していたわけだが、これが大変。最近まったくバックアップをとってなかったのが六十店分にのぼり、全部で約百六十万点のデータのうち、三十万点ぐらいが盗まれてしまった。現在復旧を急いでいるけど、年内はむずかしいね。それから、データということではないが、サイトを運営しているとホームページを見に来る利用者のログ（通信のアクセス内容）がとれる。これは私どものような者には貴重なデータになるわけだが、このたび一切消滅さ」

「賊は、大原書店さんのそういうバックアップ状況を知って押し入ったんでしょうかね」

「ある程度周到な用意をしてくるほどだから、おそらくそうだろうとは思うが、そんな機密事項が漏れたとは信じられないね。手引きしたやつでもいるというなら別だが、それは考えられないことだ」

大原は憮然とした表情でタバコの空き箱を握りつぶした。分科会が終了したらしく、ざわめきが聞こえたのを機会に私たちは立ち上がったが、廊下の途中で私はふと思いついたことがあった。

「国際文化大学の笠井という教授をご存じですか？」

「知ってますよ。あの大学とのつきあいはもう三十年以上になるかな、いいお得意さんでね。笠井先生に窓口になってもらって、図書館の本とか研究室の本をずいぶん納めたもんだ。かつて達川という学長に可愛がられていたころは、飛ぶ鳥も落とす勢いだったけどね」

「最近たまたま会う機会がありましたが、一時ほどの勢いはないようでした」

「そうかな。先日の展覧会へ現れたときの横柄な態度たるや、少しも変わらないと思ったけどね。閉会予定の直前に現れて、係員から『もうおしまいですが』といわれた途端、真っ赤になって怒りだしてね。『まだ何分もあるじゃないか。なんだ、もう片づけてるのか？　おまえたちは本を売る気があるのか？』なんて、たいへんな剣幕だったね。元来あの人は太ってるのに怒りっぽくて、瞬間湯沸かし器とか風船爆弾といったあだ名があるくらいでね」

もっと聞きたかったが、エレベーターは分科会から戻る人で混み合っていた。私は、神保町の事務所を訪問する約束をして、その場を離れた。

五

大山の宿に泊まった記憶は、このあと何週間も私の脳裏を去ることがなかった。それは、夜中に相部屋仲間のすさまじい鼾(いびき)に悩まされたからではない。明け方近くにうとうとした際に見た夢が、いいようのないほど不快なものだったからである。

夢の中で、私は部屋の出口へ向いて寝ていた。ふと気がつくと、相部屋の人たちがいなくなっていて、布団の上の枕だけが行儀よく並んでいる。あれほど猛威をふるっていた鼾も静かになって、いまや室内は気味がわるいほどシーンとしている。私は起きあがって電灯をつけると、床の間に置かれた時計を見ようとした。

そのとき、スッと引き戸が開いて、だれかが入ってきた。黒い、大柄な男のような気がした。

「分科会に出ないのかね」

どこか横柄な口調である。

「今夜はちょっと気が進まないし、時間もだいぶ過ぎてしまったから……」

いい終わらないうちに、その人影はどなった。

「なんだ、おまえはシンポジウムに来てるんじゃないのか。時間はまだあるじゃないか。いったいおまえは、やる気があるのかないのか！」

その影は膨らんだような巨軀で出口をいっぱいに塞ぎながら立ちはだかり、人を威圧するような低い罵り声を発していたが、そのうちに音もなくこちらに近づいてきたではないか。

その顔は、部屋の薄暗い電灯のもとではわからないが、私の目の前まできたとき、大きな鼻と厚い唇と、二重顎の毛穴が見えた。

その大男は、それまで後ろ手に隠し持っていたものを引き寄せた。大きな黒い布袋だった。

一瞬ニヤリとすると、

「そろそろシンポジウムの時間でね……」

いきなりその布袋を私の頭から覆い被せてきたではないか。

「――」

必死にもがいて、声を出そうとするが、相手はグイグイとおそろしい力で締めつけてくる。私は床に倒されながら、布袋から脱け出ようと息も絶え絶えに抵抗した。もうダメだ。殺される。そう思った瞬間に目が覚めたのだが、胸の上にまだ強く圧迫されていた感覚が生々しく残っているような気がして、いまだ仄暗い障子の色を見つめているうちに、全身に鳥肌が立つのを覚えたのである――。

「だいぶ魘(うな)されてましたね」

そういったのは、鼾の当人である。私は苦笑しながらタオルを手にすると、階下の大浴場へ降りていった。すでに相客が一人いた。熱い湯に浸かると不快な圧迫感はようやく癒えて、他愛のない夢に怯(おび)えたことが信じられないことに思われた。火照(ほて)った頭には朝日のさしこむ廊下のひんやりとした空気が心地よく、窓に接するように繁る無花果(いちじく)の葉をそよがせて、秋らしい風が静かに流れ入ってきた。

後ろから、やはり湯上がりらしい丹前を着た客が、上気した顔で笑いかけてきた。

「ご無沙汰してます。以前、国会図書館にいた杉山(すぎやま)です。いまはC県の図書館にいます」

「――ああ、そうでしたか。どこかで見かけた方と思っていましたが……」

記憶のなかの若いエネルギッシュな顔と、現在の鬢に白いもののまじった初老の顔とが、なかなか一致しなかったが、それは三十年近く前に国会図書館に労組主催の講演に招かれたさい、世話をしてくれた係員の現在の姿にほかならなかった。東京近県の衛星都市では貸し出し冊数や運営の先進性で群を抜くという公共図書館で、そういえば館長としての彼の名――杉山善之(よしゆき)――をたびたび耳にしたことがあるのを思い出した。

「九時からの会にお出になりますか？　図書館関係のシンポジウムですが、私がコーディネーターをつとめさせていただきます」

ぜひ出席すると返事をして、私たちはまだ人の気配のないラウンジに腰をおろした。このような集まりの便利なところは、こまかな疑問でも気安く専門家の意見を聞けることだ。

「朝っぱらから質問で申しわけありませんが、ずっと以前、私を国会図書館に呼んでいただいた際に、図書の出納業務が重労働だというお話が出ましたね」

「覚えてますよ」

「書庫の棚から棚を駆け回って、能率的に本を出し入れしなくちゃならない。そのためにも本は整理番号順に収納されているわけだが、いきおい大きさや厚さには無関係に突っ込むことになるので、どうしても棚から本がハミ出したり引っ込んだりすることになる。ふつうの家庭の書架よりも奥行きの深い棚を用いているんですが、変形本も多いから、通路が狭かったりすると、屈んでいた係員が背を伸ばそうとした途端、ハミ出た本の角に頭や肘をぶつけて怪我をすることがあって、労災事故につながることもある――といったお話でしたね」

「そうですね。いまはだいぶ改善されましたが、私の勤務していたころは、そんなこともありました。国会のように蔵書冊数が多く、書棚も丈が高くなると、上の棚に載っている重い本を取り出そうとして手をすべらせたり、ふとしたはずみで棚板が落ちて手をはさまれたり、踏み台から転げ落ちたりといったことがありました。私なんか、あぶなく目を怪我しそうになったり、重量のある本のために手首を痛めたりしましたね。いまでも古傷が痛むことがありますよ。それと、後遺症としては狭い棚の間を通るようなとき、何か突き出ていないかと、目のたまだけを動かして上下左右を警戒する癖が抜けないことですね。スーパーなどで積み上げた商品が崩れ落ちそうになっていると、慌てて直しちゃう癖もつきましたけどね」

杉山は苦笑しながらタオルを畳みなおし、丁寧に頭髪をぬぐうと指で右後ろの部分を掻き分けてみせた。「ほら、小さなハゲがあるでしょう? これは重い本が落ちてきて、コバが当たって怪我をしたときのものですよ。化膿して傷口が広がってしまいました。無論、重量が三、四キロあるような大判の美術書などは、なるべく下から三段目ぐらいのところに配架しますがね。番号によっては、そうもいかないことがあったんです」

「現在はどうなんですか? 公共図書館の場合は」

「私のところは、まず設計段階で通路――連関通路というんですがね――を現在では考えられないほどたっぷりとって、一メートル四十としました。その関係で、出し入れの係が本にゴツゴツ頭をぶつけるという状態は回避できるようになってます。整理も文庫本、叢書類、全集などのように、判型が同じものをまとめて配架することで、不揃いをなくし、取り出しやすくしています。こうすることで、分厚い本があちこちから飛び出したり、逆に小さな判型の本が見えないところに押し込まれるのを防ぐこともできます。しかし、類書や関連書は番号が近いため、なるべく同じところに置きたいという要請はあるので、むずかしい問題ですね」

「なるほど。それは趣味の見地からもよくわかります」

本好きなら、同種の本を判型が異なるという理由で同じ場所に並べられない苛立たしさがわかる。私の例でいえば、書斎のスライド式書架で大切にしている『ドイツ・ロマン派全集』全二十一巻はほかに別巻として画集がついているが、これが本巻の四六判に比してタテヨコともに十センチ以上大きなA４判なので、四六判やB６判の文学書のために設計された棚にはどうしても収まらない。やむなく本と棚との隙間に押し込んでおいたのだが、あるとき取り出してみたところ、ろくに見ていないのに傷み、汚れてしまっていた。美しい装幀だけに、ほんとうに惜しい気がする。

「薄いパンフレットなどは、どうしていますか？」私は思いつきの質問を発した。「背文字も小さくて読みにくい、図書ラベルも貼りにくい。私など個人の書棚でも、紛れやすいものですが」

「パンフといっても、シリーズなど、まとまったものについては必ず合本にしてしまいます。

専門誌や紀要などと同じ扱いですね。そのほかは、利用頻度の高そうなものに限って、一冊ずつ製本し、数冊収容できる箱をつくって、まとめて入れておきます。箱は、ご覧になったかと思いますが、辞典などの箱を市販のボックス形ファイルのように細工して使っているんですよ」

「図書館の知恵ですね。すると、普通の本とは別扱いにするわけですか」

「別置ですね。私のところは図書目録の上でパンフには特別の整理番号を付加して、出し入れのさい混乱しないようにしてます」

「それはいい工夫ですね……」

あとから思うと、ちょうどそのとき何かが頭に浮かびかけたのだが、I書店主が柔和な笑顔で朝食を知らせに来たので、私の思考は中断してしまった。

杉山館長が大奮闘の午前中のセッションのなかで、私が面白いと思ったのはある図書館大学の先生が唱えた「図書館スーパーマーケット説」であった。人間の身体の細胞は約七年で新しいものと総入れ替えになるが、一度に入れ替えられるのではなく、各部位が徐々に更新されるため、形質や人格が変わることはない。しかし、生理的な要素は一変しており、失われていくものもある。

それと同様に、知識教養も入れ替わっていく。その速度は七年どころか、二、三年で一新しなければならないほどである。高校・大学の七年間かけて学んだことが、社会に出るころにはもう陳腐化していることは、何人（なんぴと）も経験しているはずだ。もともと読書には不変な感動をのこすものと、目前の情報や娯楽に過ぎないものとがある。むかしは不変な感動を与える本が古典にも同時代の本にも存在し、また重視されたが、情報加速の時代にあってはそんな余裕はなく、情報としての書物だけが求められるようになってしまった。あらゆる書物は情報として出現し、情報として消費されざるをえない。たとえ感動する本を読んだとしても、七年後にはケロリと忘れている。旧細胞とともに古い感動も教養も去り、別のものにアップデイトされてしまったのだ。

　このような時代にあって、図書館は消費者の需要に応じて情報を提供するスーパーマーケットとならざるをえない必然性がある。戦後の図書館は、地域住民の求める情報を、いつでも、どこでも、だれにでも無料で提供してきたことで、とくに七〇年代以降は確実な支持を受けてきたのだが、そこには日々の必要に応じるほか、地域の文化生活の向上、普遍的な教養の獲得という目的も併存していたと思われる。社会教育事業は、この二つの焦点を備えた楕円形となってこそ、健全な発展が可能である。ところが、その後の社会経済の変化はかつての住民の理想を、社会意識の乏（とぼ）しい消費生活中心の意識に一変させてしまった。いきおい図書館はその種の需要に応じて、便宜的な消費財を提供するサービス業になりつつある。

　現にある地方の図書館では、その先進性を謳われていた三十数年前から「次世代文庫」という棚を閲覧室の一角に設けていた。これは利用者自らが心から感銘を受け、わが子や次世代の若者にどうしても読んで貰いたい本を寄贈してもらうという趣旨であったが、当初は『きけ　わだつみの声』や『ジャン・クリストフ』などという書物がたくさん集まったものの、近年はテレビ番組の活字化や『パソコンの使い方』とか『ペットの飼い方』といった実用書ばかりになってしまい、棚の利用者じたい少なくなってしまったので、いつの間にか廃止されてしまった。図書館がスーパーになってしまったシンボリックな例であって、自覚的な住民による読書推進運動なども一定の効果はあっても、全体として私たちの社会が将来像を見失っていることは否定しがたい。文化の向上は、社会の向上なくしては実現しがたいという認識を、図書館問題の基底に置くべきではあるまいか。

――以上の私の要約は、力点の置き方に相違があるかもしれないが、その教授の意図が、昨今の自治体の効率優先主義のために、図書館の理想が情報消費社会の洪水に押し流されようとしており、電子化はそれを加速するに過ぎないのではないかという問題提起にあったのは間違いない。これに対して二、三反論もあったが、最後に杉山館長が図書館をめぐる大状況の変化について総括を行い、拍手で散会となったのである。

六

じつをいえば、私はその分科会で行われた議論の多くはろくろく聞いていなかったのである。一つには前夜の睡眠不足のため、つい居眠りをしてしまったからであるが、もう一つは理由のわからない不安のためであった。

議論のあいだ中、私はだれかに見られているような気がしてならなかった。しかし、左右を見わたしても、知り合いにせよ馴染みのない顔にせよ、みんな熱心にパネラーのいる正面を見つめている。私は真ん中より後ろに席をとったのだが、振り返ってみても同じことで、窓の向こうは落葉のはじまったブナ林が広がっているばかりである。

そのうちに、私は部屋の左後方にある観音開きの出口が、どういうわけか気になってきた。だれかが閉め忘れたのか、片側の戸が少し開け放しになっており、その向こうに狭い廊下を隔（へだ）てて階段の脇が見える。人が昇り降りするたびに、その腰から下のあたりが見えるわけだが、会議の時間でもあり、たくさんの人が館内を動いているわけではない。せいぜい、ホテルの従業員らしい制服姿ばかりである。

何度目かに振り返ったときである。私は一瞬、明らかに制服とは異なる紺色のスーツ姿の男の下半身を見た。じっさい一瞬のことで、スッと下方に降りてしまったので、あるいは全体が目の錯覚かもしれないと思ったが、そのときは男がなにか黒いものを手にかかえており、その先をダランと垂らしながら引きずっているように思えたのはたしかである。私はうしろに廻した首の筋が硬くなるのを感じた。

もっとも私は視力に完全な自信があるわけではない。二十代のはじめに近眼となっていたのが、この六十代になって老眼が進捗したおかげで度が軽くなり、プラス・マイナスが相殺し合ったというべきか、二十メートルか三十メートル先ぐらいはかなり見えるようになった。しかし、老眼は老眼であるから、小さな活字は裸眼では見えにくいというので、遠近両用の眼鏡をつくらせたのだが、年齢が高くなってからの老眼は調節がむずかしいのだそうで、私の場合も遠方を見るさいにはむしろ外したほうがよく見える。

要するに、そのとき私はメモをとるために眼鏡をかけていたので、階段のほうを見たさい咄嗟に焦点が合わなかった。したがって、紺のスーツとか黒いものとかを引きずっていたということを、どうして見ることができたのかと問われれば、合理的な解釈ができないのである。

あまり私が頻繁に振り向くため、後ろにいた数人の参加者たちが不審そうな表情をしはじめた。私は身をすくめながら、あとで主催者やホテルの係員に紺のスーツ姿の人物を見かけなかったかどうか、たずねてみる決心をした。

――むろん、そんな人物の徘徊していたことなど、だれ一人目撃した者はなかった。昨日渡された参加者名簿に、その後新しい名前が加わったということもないという話だった。

七

「書物の大学」の三日間はいろいろな意味で有益であったと同時に、私個人にとっては奇妙な思い出を残した催しだったが、あとから考えるとハイライトは二日目に行われた大交流会にあった。

これは参会者全員が一堂に会するパーティで、本の関係者の集まりとしては例のないほど大規模なところから、毎年これを楽しみに参加する人も多いという。

夕方の六時に会場に降りていったとき、すでに地元の人たちも加わった数百人の参加者が特設の宴会場に集まり、あちこちにグループをなしてにぎやかな笑声を発している最中だった。肩がぶつかり合うような混雑のなかに、周囲の屋台から焼き鳥のにおいが漂ってくる。私は大原書店主と地酒を試しながら、広い会場を支配する熱気に圧倒された。書物の世界は危機とか曲がり角とかいわれるが、ここを支配しているような活力さえあれば、何とか乗り越えられるように思われた。

そのような雰囲気のなかで、私はいつの間にか酔いがまわっていたらしい。宴会場から庭へとつながる広いスペースで大きな歓声と拍手が起こったので、蹣跚（まんさん）とその方へ歩いていった。

見ると五、六基の大きな篝火がともされて、炎が立ちのぼっている。最近料理店のアイキャッチャーとしてつくられている篝火はほとんどガスバーナー式だそうだが、こちらは太い三つ叉の無骨な支柱で重そうな鉄製の籠を支えた、野趣あふれる篝火で、燃料には薪を用いているようだった。夜目にも白い煙が乾燥した木の強いにおいを発しながら、暗く澄んだ大気の中に吸い込まれたり、ときには風の動きにつれ夜空にうねるような縞もようを描き出している。

このとき太鼓の音が響くと、あらかじめ計画されていたのだろうか、篝火を背景に祭礼の服装をした三、四十人が歌声とともに踊り始めた。「ヤサホーエヤ、ホーエヤエー」とか「サンサノエー、ヨイヤサノサッサ」などというリフレインは鳥取の貝殻節のようだ。参会者のなかからも、これに加わる者が出てきた。

私はどのくらいその場に立ちつくしていただろうか。つぎつぎと投げ込まれる薪のなかに湿り気のあるものがまじっていたのか、とつぜん一基の篝火の炎が小さくなったかと思うと、わずかの風に押し負けたかのように地表へ向かって降下してきた。一瞬にして視界が濃い靄に包まれ、踊り手のなかには手ぬぐいで顔を覆う者もいる。私はあわてて中庭から宴会場へ戻ろうとしたが、大きくうねるような、からみつくような煙にむせて、足下が留守になったらしい。階段に蹴つまずいて転倒してしまった。

周囲の人たちが起こそうとしてくれたが、地酒の酔いがまわって、足が思うように動かない。背後からは逃げ込んでくる人たちの足がぶつかってくる。

これはいけない、と思ったとき、誰かが親切にも私の両手をとると、力いっぱい床の上を引きずって部屋の壁際へと寄せてくれた。

「すみません、醜態をさらして……」

必死に身体を起こそうとしながら、その人の顔を見上げた私は、思わず絶句した。声が出るまでに長い時間がかかったように思えた。

「真鍋先生……。どうしてここに?」

「どうしてってことはないでしょう? このまえ、最初にいったでしょう? 私はこれでも図書館の仕事が本業なんですからね」

すっかり酔いがさめた私は、真鍋講師のあとについて宴会場とは離れたラウンジに入った。ほの暗い窓の外には大山の山麓のなだらかな線が浮かび出て、涼しい風が竹林の梢をさらさらと鳴らしていた。人はみな出払っているらしく、遠くのかすかなどよめき以外には、静寂が支配していた。

「いや、すごい力でしたね」このような場所での再会は、口を軽くした。「大男に引っ張りまわされていると思いきや……」

「人に助けられて、悪口をいうもんじゃないの。重い体重ね。少しはダイエットしたらどう？」

　彼女は赤くなった掌を示した。小指に結婚指輪が食い込んだように見えるのが、一種のなまめいた印象を与えた。喪服のようなデザインの黒いシンプルな服を着て、このまえ会ったときよりも心なしか窶れてみえた。

「私がいなければ、今ごろは踏みつぶされていたわよ。私って、もとはスポーツ選手を志望してたの。それが心境の変化で、辛気くさい本の世界に入っちゃったんだわ。目下はこんな具合」

　差し出した名刺には「平成学園女子短期大学図書館学科主任」「全国短期大学図書館連絡協議会理事」などといった肩書が三つ四つ並んでいた。

「肩書だけよ。どこもしみったれなんだから、今回も危うく自腹参加になりかけたんだけど、そのうちの一つを口説いてみたら、交通費だけは出してもらえることになって、一日遅れたけど、なんとか参加できたわけ」

「なるほど、こう分科会が多いと、知っている人に気づかないこともあるということか」

「名簿も本名で、ちゃんと載ってましたからね」

「そうでしたか。私は見たことは見たが……」怪しい人物の名を探していたとは、いい難かった。

「無論、私のほうでは喜多さんのいらっしゃることは知っていたけど……」

「知らないふりをした？」

「そうじゃない。ただ、ここへ来てまで、あの話を蒸し返されるのがいやだったの。それに、私としてはもう話すこともないし」

「そうでしたか」私は落胆したが、それでいいという気もした。「無粋な話ですからね。それにあの件は、私には直接の利害関係がありませんから」

「私だってそうよ。ただ、長沢さんには気の毒だわね」

「それでは、一つだけ質問していいですか？」

「限定つきの質問ね」

彼女は大きく口をあけて笑った。

「長沢さんが襲われる直前に、どこかの本屋にメールを出していたそうですね。それで時刻が特定できたということですが、本屋の名前はわかりますか？」

「わかるわよ。ええと、何ていったっけ……そうそう、神保町のサカシマ堂という古本屋でね。前にもいったように私が彼女に依頼した本は、その本屋に注文しているのよ」

サカシマ堂……坂島堂……と、私は記憶を探ったが、思い当たらなかった。

「どの辺にあるんですか」

「すずらん通りの東京堂書店と同じ並びよ。比較的新しい店。レボアよ」

「……あの通りは、最近何軒か新規に開店したようですね。まだ寄ったことはないけど」

帳を忘れてきた！」

「メモ用紙あるわよ」と、彼女は持っていたポーチを開けたが、「あっ、いけない、紙の手

「電子手帳に替えたんですか？」

チラと覗くとモバイルや携帯電話が入っているようだった。私もこの種の機器に関心がなくはなかったので、それらがやや旧型に属するもので、かなり使い込んでいるのを見逃さなかった。

「結構ですよ。覚えましたからね。それより、文明の利器を活用しているんですね」

「古いわねえ。私のように掛け持ちで生活している人間には、この程度のものは必需品なのよ」

「本探しもインターネットですか？」

「何冊か見つけたわ。でも、あんまりキメがこまかくないのね。むしろ、洋書のほうが珍しいものが見つかる。この間も、日本国内の洋書店で五、六年待っても見つからなかった本が、一発で入手できたわ」

彼女は得意げに鼻をうごめかした。

「インターネットで本を見つけるのはいいけど、現物の確認ができないし、第一支払いが不安ですね。クレジットカードの番号が漏れないという保証はないし。セキュリティがもう一工夫されないと……」

「そんなことをいってたら、文献は集まらないわ。私たちのようなマイナーな研究者は、文献集めの地力で勝負するんだから」

「いいことを仰しゃる。地べたを這い回ることを知らないで、知的生産はできません」

やがて、どこそこの教授はロクな資料を使ってないとか、あそこの学校図書館がしみったれだとかという話となった。久しぶりに、自分の娘よりも若い女性とこのように盛り上がったのは意外でもあり、うれしくもあった。

しかし、そうしている間にも、私は彼女がたびたび背後を振り返ることに奇異の念を抱くようになっていった。そこは目立たないラウンジの隅で、彼女は室内に背を向けるようにして椅子にかけていたのだが、ときどき交流会から戻ってきた連中が入ってくる。そのたびに振り返るように思えるのだが、だれもいないときにそわそわと背後を盗み見るような瞬間もあり、私が気になってきたのも当然だった。

「どなたか、お連れでも?」

「いえいえ、そうじゃないの」彼女はあわてたように、強くうち消した。「……ちょっと知ってる人を見かけたような気がしたもんだから。でも、錯覚だったわ」

それから彼女はインターネット上での文献集めの話題に戻り、独自の収集論を開陳しはじめた。インターネットによる本集めが一般化しても、研究者は楽になるどころか、いっそう足腰の強さが要求されるようになるだろう。なぜなら、だれでも文献検索によって容易に一定の資料は集まるからで、富士登山にたとえれば五合目まではクルマを使えばだれにでも登れるが、そこから先は自分の身体がたよりとなるようなものだ。最後の決定的な一冊を集めるには、早朝に八合目から一気に頂上を目指す要領で、体力だけがものをいう。しかも常に頂上が見えているわけではない。霧でまったく視界がきかないこともある。研究はスポーツではないのだから、まったく五里霧中のなかで全方位をうろつきまわらなければならないこともあって、それはどうしてもマニュアル化できない部分である。古本をさわって育った世代と経験に乏しい世代の差が生じるのは、まさにここにある……。

「インターネット五合目説ですか」私は共感を覚えた。「現在のネットは、まだ五合目にも達していませんね。それに裏登山のルートがどこまでネット化されるか」

「そこはコレクターの領域だわね」彼女は自信ありげな笑みを浮かべた。

コレクターというものは、めったに収集哲学を語ることはない。以前に「収集は殺意である」と豪語したコレクターがいたが、私はあらためて彼女を生物の珍種でも見るような思いで眺めた。第一、女性の古本コレクターというのは、きわめてめずらしい。

「でも、私はコレクターじゃないわよ」私の考えを見透かしたかのように、彼女はクギをさした。「私は研究者ですからね。文献はコピーでたくさんなの」

「また一つ質問があるんですけどね」私はふと思いついていった。「もし、ここに非常にめずらしい文献が出現して、それがこの世に一冊しかなかったとしますね。それは放っておけば、古本屋が自分のところの文献データベースなどでテキストファイル化して、それこそインターネットで会員にでもダウンロードさせてしまう可能性があるとしますね。あるいはコピーして大学研究室の需要に応じたりすることもあり得る。そんなとき、あなただったらどうしますか？」

「それは……」彼女は一瞬答えにつまったようだったが、投げやりな口調でいった。「そりゃ、コレクターとか研究者とかいう前に、緊急避難の問題のような気がするわね」

緊急避難……？　どういう意味だ？　私が考えこんでいるうちに、彼女は立ちあがった。

「それじゃ、私、明日が早いから。早朝の散策がしたいの」

ラウンジを出たところで、彼女は手を振った。いまどき流行の、胸の位置で小刻みに振るやり方である。そこから四十メートルほど行くと、左のほうに二階への階段があって、彼女の宿泊している部屋に通じているという。

「じゃあね」

彼女はいったん去りかけたが、急に思い直したようにいった。

「ちょっと、そこの階段口まで送ってくださらない？」

「いいですよ」

私は一瞬妙な感じに襲われながら、彼女の後についていった。あらためて気がついたのだが、その廊下は照明を落としてあるので薄暗く、前方の階段の周辺にぼんやりと常夜灯がともっているだけで、その先にも通路が続いているようなのだが、従業員専用なのか照明は全くなく、遠い突きあたりにぼんやり赤い非常灯が見えるだけである。

「意外にこわいのよ、こういうところは」

彼女の声はかすれているようだったが、それでも階段の下にくると、私に背を向けたまま、

「お疲れさま、また明日！」

さっと長身を翻(ひるがえ)すようにして、駆け上がっていった。私は苦笑しながら、廊下を引っ返した。

八

翌朝は前夜の転倒のさい、打った腰の痛みが出て、ブナ林の散歩は自主的に中止した。最終日だというのに、どの催しにも彼女の姿は見えなかった。「書物の大学」そのものの充実した思い出とは別に、彼女のことは尻切れのような印象が否めなかった。

九月も末になると、例年より暑かった夏もようやく終わり、地下鉄の神保町駅から地表に出たときにも、午前中の早い時間なら、白山方面よりかすかな涼風が感じられるようになった。

金曜日の展覧会の帰途、私は思いついてすずらん通りのサカシマ堂をたずねてみようと思った。

坂島、坂島と看板をたどって見当たらず、角の薬局のあった辺りに「さかしま堂」というプレート看板を見つけて、私は「なんだ、ユイスマンスだったか」とつぶやいた。あの時真鍋講師は「REBOURS」といったのか……。

表通りの老舗とちがって、この種の新興店のほとんどは〝白っぽい本〟、つまり刊行後せいぜい十年か二十年以内の本しか置いていない。もとより若干の個性はあって、文庫に主力をそそぐ店、コミックに力を入れる店など、さまざまである。

この店はレジの背後に澁澤龍彥（しぶさわたつひこ）の初版本などを置いているので、少々うるさいぞと思った途端、伝票を整理していた店主らしき人と目が合ってしまった。分厚な唇のまわりを無精ひげがとり巻いている顔は、どこかで見たことがあると思っているうちに、先を越された。

「喜多さん？　K書店にいた中谷（なかや）ですよ。開店のご案内、着かなかった？」

「いやあ、着いたかも知れないが……」

中谷が神保町の老舗K書店で修業していたのは二十年ぐらい前のことで、聞けばその後独立して杉並に店舗を持ち、それなりにやってきたが、最近都心の不動産価格が多少下がったので、思い切って出てきた。まだ自分の能力では高い家賃を払うのが容易ではないので、何にでも手を出しているという。

「先月からは、ホームページも開いてみたけど、まだポチポチだね」

見ると、乱雑な机上に古ぼけたノートパソコンが乗っていた。

「そのインターネットだけど、国際文化大学の事件は知ってる？　おたくとは取引があるんじゃない？」

「奥村百合菜！」中谷は小指を立ててみせた。「そうでしょう？　事件のことは知らないが、あの奥村女史はウチによく見えるよ。――熱心な、いいお客さん。最近も目録を出すといったら、夏休みなので学校は週に一回ぐらいしか出ないから、自宅に送ってくれといわれてね」

「おたくの、どういう本を買うの？」

私は周囲の小説やコミック、写真集などをギッシリ詰め込んだ棚を見回した。「あんまり大学の図書館に向きそうな本はありそうにないね」

「そうバカにしないで。そもそもあの先生とのおつきあいが始まったのは、ウチの均一台に国文学や史学の抜き刷りをたくさん置いていたところ、たまたま通りかかって二十冊ぐらい買ってもらったことからですよ」

「そういうのを狙うのは、研究者として当然だな」

「おれは抜き刷りとかパンフとかの〝薄もの〟が好きでね。K書店にいたころは考古学のパンフで、こんなに薄いのが五万、十万するのにおどろいたもんだ」

「で、つきあいが始まった」

「この店の主力は雑本だけど、ときに面白いものが入ることもある。専門店じゃないから、安い値をつけちゃうんだね。先生はそういうところを、ちゃんと見ている。そのうち、入札市の目録などをここに置いておくと、パラパラと見て、これを落札するにはいくらぐらい？などというようになって、おれも市場では振りもやったほどだから、落とすのはお安いご用ということになった。結構、資料ものを落札しましたよ」

「私などよりも、ずっと沢山買っていそうだね」

「お金を気にせずに買いますよ。ご主人も教師という噂だけどね。それにしても、講師の収入で、学術雑誌のバックナンバーの大揃いとか、言語関係のコレクションを三、四十万円分とか、よく買うね」

「そんなに買うのかね」私は彼女が想像以上にコレクターなのを知って、一驚した。「印税が入るのかな」

「それが、結局は学校にツケちゃうんですよ。三十万、四十万円と掛けが溜まっていく。こっちは心配で仕方がないんだが、そのうちに学校の名前で請求書を出してくれといってきて、一件落着、滞貨一掃」

「よく聞く話だね。彼女だけじゃない」

私は弁護する必要を感じていった。中谷は頭をかきながら、

「こんな話、喜多さんだから気安く喋っちゃったけど、絶対にだまっててくださいよ。ぼくはこう見えても、彼女のファンなんだから。最近の本を見ても、あの人が研究熱心で、何にでも好奇心旺盛なことがわかるような気がするけど」

これは真鍋講師についての公平な評価のように思われたが、私は慎重に店主の顔を見つめながら、話をずらせていった。

「最近はどこの学校も研究費や資料代を減らされて四苦八苦なんだよね。そのなかで頑張ってる先生もいる。研究熱心の結果と思えばいいじゃないか。――それはそうと、あの大学で事件があったとき、被害にあった資料図書館の係から、おたくにメールがあったそうだね?」

「あった」中谷はパソコンを起動させながら答えた。「これだね。〝下記の図書を注文いたします〟、目録番号は三九七、書名はドーザ著・松原秀治(まつばらひでじ)訳『言語地理学』、刊年は昭和十三年、値段は二千円だが、それは注文者の間違いで、ウチの値段は三千円だ。七月三十一日納入済、代金は同日領収済となってる」

「なるほど、着信日時は七・三一・一七・〇五となっているね。それにしても、おたくらしからぬ本だな」

「少し前、宅買いで仕入れた百冊ぐらいの口でね。本来なら市に出すところだけど、今回は柄にもなく印刷の目録を出そうと思ってね。ウチはインターネットの目録ばかりで、まだ冊子体の目録を出してないんだ。やはり店に来るお客さんから『目録ありませんか』と聞かれて、『インターネットを見てください』じゃサマにならないことがあるからね」

「ステータスの問題か」

「それほどでもないけどね。印刷目録は校正が面倒なんで後悔したけど、ようやく月末に間に合って――三十日だったかな、とりあえずその日のうちに何軒かの学校や個人のお客さんに発送したと思ったら、イの一番に国際文化大学から注文が入ったというわけ」

「七月三十一日に納入とあるね」

「ええと、それは……、そうだ、ちょうどそのとき店に真鍋先生が来店していたんだっけ。すぐ必要な本だということで、代金も廉いので立て替えて、持ち帰ってもらったんだよ」

「なるほど。絶好のタイミングだね」

「タイミング？」中谷は怪訝(けげん)な表情になったが、「なんだ、例の強盗殺人ね。喜多さんも関心があるんですか」

「何となく」

「こっちは、あまり面倒なことに関わりたくないんだけどね。神田署の刑事がやって来て、こまかいこと調べていったよ」

「しつこく聞かれた？」

「いや、当店は明快そのものだからね。まず、このメールの注文書を見せて、それから代金の領収書は必ずレシートを発行しているからね。それにちゃんと日付と時間が打ってある。学校関係だから、その上に手書きの領収書まで出してる」

中谷は得意そうにレジを操作すると、該当日の売り上げ明細が細長いロールペーパーに印字されて出てきた。

07月31日（土）、書籍、小計￥3000、消費税￥150、合計￥3,150、中谷、17：15PM……。

「めでたし、めでたしだな」

私は思わず独りごちた。中谷は再び妙な顔をした。

「おたくは、ほんとに幻想文学がよく揃ってるね」話題を変え、私は周囲の棚のあちこちを眺めながらいった。「国際文化大学といえば、笠井教授――いまは名誉教授だったかな、この店にも来るのかい？」

「笠井先生？　いや、全然来ない。おれがK書店で修業していたころは、一週間に一度は来店していたもんだけどね。あのころは『近代人物資料集成』で売れてたころだから、いい調子でね。論文を掲載した紀要なんかが出ると、店に置かしてくれといってきたり……。売れないとご機嫌が悪いんで、店で買い上げてしまうことが多かった。そのかわり、研究室用の資料を買ってもらえるんで、プラマイはゼロだったけどね」

「当時の買いっぷりはすごかったそうだね？」

「そりゃ、もう」中谷は思い出すだに興奮してきたらしく、鼻の穴をふくらませた。「棚のここからここまで、という具合に二、三段分をゴッソリ買っちまうんだ。それをまた黒い布袋に入れて、軽々とかつぐんだ。当時はよく外国の日本研究家たちが、目録の二、三ページ分をまとめ買いすることがあったけど、笠井先生のほうがすごかったね。『この段からこの段まで』という具合で、あの先生が通ったあとは――」

「ペンペン草も生えないか。それは聞き飽きた。古書店としてはいいお客だろうけどね」

「いや、せっかく集めた本を、そういう買い方されたんではいい気持がしないよ。それに、態度が大きいからねえ。人をアゴで使うような傲慢さには、こっちも慣れるまでには時間がかかったよ」

「最近も、展覧会の閉店間際にやってきて、係をどなりつけたそうだね」

「ああ、おれも現場にいたから覚えてるよ。当店は出品はしてないが、最終の土曜日だから、ちょっと覗きにいったのさ。そうしたら『おまえたちは本を売る気があるのか？』なんて、ガンガンいわれちゃってね」

「それが六時ごろということかい？」

「――いや、あれは土曜日だから、たしか五時じゃなかったかな」

私は危うく、見ていた本を取り落としそうになった。

九

それから十分後、私はすずらん通りから三百メートルほどのところにある大原書店の事務室にいた。夕刻の忙しい時刻だったが、大原はいつものとおり柔和な表情で私にスツールをすすめた。

「最近は比較的暇だからね」

「じつは、先日伺ったことの中に、笠井教授が展覧会の閉会直前に大きな態度で係員をどなりつけたという話が出ましたね。それは何曜日でしたか?」

「ええと、あれは先月の……」

「七月末です」

「すると優書会だな。三十日の金曜日と三十一日の土曜日だね。たしか土曜日のほうだと思うが……」

大原は壁のカレンダーを見てから、いぶかし気な表情で振り返った。

「たしかですか?」

私は身を乗り出した。

「間違いない」大原は使い込んだ手帳を取り出すと、スケジュール表を見た。「その日は古書会館の中にある懐旧堂に用事があって行った帰りに、ちょっと展覧会場を覗いたという記憶があるからね」

「すると閉会は午後五時ですね?」

「そういうことだけど」

「六時ではなくて?」

「古書会館の展覧会は、最終日の土曜は午後五時までときまっているじゃないか。デパートの展覧会でも、ほとんどの場合、最終日は片づけのために一時間早く終わるのが常識だよ」

「笠井教授は、それからどのくらいの時間、会場にいたんでしょうか?」

「それは、はっきりしたことはわからないね。私は、教授が入ってきたころには会場の中程にいたんだけど、全部を一巡りしたときには五時を十分近く過ぎていたかな。そのころには教授の姿は見えなかったね。いくら何でも、そんなに粘れないからねえ」

「なるほど、そういうことですか」私は頭が混乱したまま、不審そうな顔つきの大原に向かって説明しなければならなかった。

「展覧会の最終日は一時間早く閉まるということを知ってはいたんですが、つい忘れていました。というのは、私は経験上、土曜日に行ってもめぼしいものがないということを知っているので、行くなら金曜日ときめてきたからです。そりゃ、やむをえず土曜日に行ったこともありますよ。しかし、閉会の時刻までいた記憶はないんです」

「残り物に福があるはずだがね」

「じつは……、例の国際文化大学の事件に関して、教授連をはじめ当日のアリバイはあるようなんですが、笠井教授に関しては、私はこれまでスッキリしないものを感じていたんです。それは展覧会の閉会時刻の直前にやってきて、まだ片づけるのは早いなどと大声をあげたということに、どこか作為的なものがあるような気がしていたんです。その閉会時刻を、私はこれまで六時とカンちがいしてきたんですが、問題の土曜日は五時ということで考えを変えなければならないんです」

「どういうこと?」

「犯行時刻はハードディスク上のデータや発見の時間から、午後五時前後ということがわかってるんです。つまり、五時前後に展覧会にいたことがわかれば、アリバイが成立することになりますね。展覧会の会場から学校までは普通の速度で歩いて十分。クルマでは、非常に混雑する中途半端な場所なので、徒歩の方が早いくらいです」

「第一、駐車する場所がないね。会場の駐車場は狭くて、いつも満杯だからアテにできない」

「ところが、いま伺ったところではすべてが一時間くり上がることになります。土曜日の閉会時刻は五時ですから、笠井教授が現れたのは四時五十七、八分ごろでしょう。一方、事件は五時過ぎということがわかっていますから、形の上ではアリバイは成立することになりますね」

私は真鍋講師から得た情報をまじえ、必要な範囲の補足を試みた。大原はだまって聞いていたが、

「どうも笠井教授の行動の意味がよくわからないね。展覧会でどなり声をあげたのがアリバイづくりのためとすれば、彼はそのとき凶行の事実とその時間を知っていたことになる……」

「その通りです。アリバイが形の上だけといった意味もそこにあるんです。なまじ細工をしたために、かえって疑われることになっているんじゃないでしょうか」

「そうかもしれないが……。いずれにせよ、いまのはぜんぶ喜多さんの推理に過ぎない。証拠がない」

「それはそうです。まあ、限りなく灰色に近いとしておくほかはないですね」

「私はむしろ外部犯行説だね」大原は生ぬるい茶をいれて、私の前に置いた。「というのはね、じつはこの事務所に入った窃盗グループが逮捕されたらしいんだ」

「え？　逮捕とはどういうことですか？」

私はすぐにはことばが出てこなかった。事務所のクーラーが急に薄ら寒く感じられ、つぎの瞬間、ドッと汗が噴き出すのを覚えた。

「いや、まだ公表はされていないので、あまり喋ってもらっては困るんだけどね。明日あたり発表があるという情報を、たしかなルートから摑んだというわけだ。それというのが、一週間ほど前に淡路町のオフィスビルに忍び込んだ二人組の窃盗を現行犯で逮捕したところ、最近神田一帯のオフィスを荒らし回っていた連中とわかったんだ。盗品はマンションの部屋に隠されていたそうで、そのなかには当社の品も含まれていたということだ」

「ほんとうですか？　何でそれを先にいっていただけなかったんですか？　間違いないでしょうね？」

そうあって欲しい……、いや、そうあって欲しくない……。私は二つの矛盾した感情に引き裂かれた。大原はそんなことには気づくよしもなく、

「国際文化大学からの盗品が含まれているかどうか知らないが、同一グループの犯行とみて、まず間違いないだろうね。パソコンを持ち出したり、行き当たりばったりに本を引っこ抜いていったり、という荒っぽいところが、きわめてよく似ているとは思うがね」

「そうでしょうか？」

私はしばらく考え込んでしまった。いまとなっては、果たして同一人物の犯行と断定してよいだろうか？　たしかに当初は二つの事件に共通点が多いように思えてならなかったが、こうなってみると、相違点のほうが目につくのではあるまいか。国際文化大学の場合、犯人はまだ人がいる夕刻のオフィスに押し入り、パソコンを盗み出し、殺人をあえてしてまでデ

ータや図書資料を奪うというあたりに凶悪性が感じられるが、一方の大原書店に進入した賊は、犯行の時間に深夜を選び、要領よく機械や書籍を盗み出したところに計画性があるような気がする。小型トラックを準備したり、ピッキングの技術を用いて鍵をこじ開けたりしている点もプロの仕業のようで、国際文化大学のケースとは異質であることを感じさせるではないか。

「それはそれとして、ちょっとおもしろいことがあるんだ」大原は立ち上がると、私の来ることを知って用意したかのように、事務所と倉庫の境目に積み上げてあった運送用のシートを取りあげると、二つ折りにした。「これを犯人が使ったズックの袋とする。彼らの一人がこれを床に引きずりながら、本棚の間を歩いて、目についた本を片端から投げ込んだというわけだ」

そういいながら、彼は倉庫の通路に足を踏み入れた。狭い通路の両側は丈の高い八段の書架が、人ひとりがやっと入れるような空間を残して並べられている。五十センチほどだろうか。各々の棚には日本史、東洋学、考古学、教育、日本美術、郷土史、民俗、風俗などのプレートがつけられ、整然と分類されているようだが、実際に棚の中の本は出し入れがはげしいせいか、または判型を考えずに並べているせいか、出っ張ったり引っ込んだりで、整列感に乏しい。大型の本が棚から突き出ている箇所もある。私は「書物の大学」で杉山館長から耳にしたことを思い出した。

「これは警察が現場検証に来たときの目印で、棚の一部分に赤いシールが貼ってあるのは、その箇所から本が何冊か盗まれたという印なんだ。それから、棚の足の部分に青いシールが貼ってあるのは、そこにズック布の繊維が付着していた印で、要するに犯人がどのように動き回ったかがわかる仕組みになっている」

大原は、通路を歩きながら、棚から本を抜き出しては袋に投げ入れる仕草を演じはじめた。同じような動作を繰り返しながら、通路の奥にたどりつくと振り向いて、こちらへ戻ってきた。

「どう？　何か気づいたかな？」

「うーん、通路に近いところにある本ばかり抜いて、それぞれの棚の間には深く入っていませんね」

「その通り。犯人は手間を惜しんだわけだ」

「棚と棚の間が狭すぎるということもあるでしょう？　本が顔や手足にぶつかる可能性がありますからね」

「まだある。盗られた本が三段目か四段目に集中しているということだ。失礼だが、喜多さんの身長はどのくらい？」

「百七十センチ、ちょうどです」

「すると、肘の高さはだいたい百十センチぐらいとなって、四段目あたりにくる。ここか三段目あたりが最も手が出やすいということになる」

大原は、検証のさいにフェルトペンでつけたらしい数字を指した。みると三段目の棚の箇所に七十七センチ、四段目には百七センチ、五段目には百三十七センチと記入されていた。

「ちょっと、ご自分でやってみたら？」

私はシートを受け取ると、目印のある棚の本を取り出し、袋に投げ込む動作をしてみた。自然に四段目、ついで三段目に手が伸びる。

「四段目のほうが取りやすいですね。三段目はちょっと屈まないと、書名が見えにくいことがあります。四段目は、厚い本だと少々しんどい」

「実験してみると、わかるでしょう？　盗られた本の最も多いのは三段目にあったものだから、犯人は喜多さんよりも少々身長が低い可能性がある。無論、じっくり選んで盗んでいくなら、三段目も四段目もたいした差はないかもしれないが、急いでいる場合には、微妙な差が出ると思うね」

「で、実際に犯人の身長は百七十センチ以下だったんですか？」

「正確なところは警察も教えてくれない。しかし、二人組の一方は、ずんぐりした肥満体の男ということだけはわかっている」

「なるほど、蓋然性はあるわけですね」

私は笠井教授の大柄な体型を思い浮かべながら、つぶやいた。彼にとって本の最も取り出しやすい棚は四、五段目ではないだろうか。

「もう一つ、気がつくことはないかね」

「まだ、あるんですか?」

「そのようにシートを引きずっていても、青いシールの箇所には擦ってもいないことだ。まったく別の箇所にぶつかっている」

「いやあ、これは気がつかなかったな。どういうことでしょう?」

「喜多さんは右手で本をつかみ、左手でシートを引きずっているからだよ」

「………」

私はシートを右手に持ち替えてみた。すると左手で重い本を取り出すことになるので、最初のうちはぎこちなかったが、慣れるにしたがって動きはスムーズになった。のみならず、シートが青いシールの箇所にぶつかることもわかった。

「そうか……、犯人の一人は左利きだったんだ!」

私のなかで、何かが大きくはじけた。

十

十月のはじめ、週末に台風の予報が出た金曜日の夕刻、私は靖国通りに面したコーヒーショップの二階から、暮れなずむ神保町の一角を眺めながら時間をつぶしていた。昼過ぎには抜けるようだった空の色が、濃い灰色の雲に覆いつくされる直前、ふしぎに鮮やかな夕焼けが、向かいの看板建築やペンシルビルの半開きの窓に反射して、明かりの入った古書店の店内や均一台の色と溶け合っているように思われた。

時刻は五時をまわっていた。「近いうちに是非会いたい」といってきた都築との約束の時間には、まだ三十分近くある。私は今日の展覧会で買った本の包みをかかえるようにして店を出ると、すぐそばの交差点を渡って、一つ向こうのすずらん通りに入った。

さかしま堂の前を歩きながら中を覗いてみると、店主がレジ横の小型テレビで野球を見ているところだった。私は店内に入るかわりに、自分の時計を見ながら、十数メートル先の東京堂書店の正面入口に立った。よし、ここまでは急げば一分だ。

店内に入ると一階の左寄りに中二階に通じるエスカレーターがあって、その左側に雑誌、右側に新刊の単行本を並べている。昭和戦前から現在地にある老舗で、一九八二年に建てかえられたこの店舗は、落ち着いた風格があり、作家などのファンも多い。

私はエスカレーターの傍らに立って周囲を見回した。雑誌棚が奥へ数台並び、その奥は文庫売り場となっている。右後ろがいま入ってきた正面入口である。左後ろには細長いカウンターがある。もとはレジにする予定だったのかもしれないが、いまは公衆電話を一台と電話帳を置いた無人のサービスカウンターとなっている。

私はそのカウンターに近づいた。高さは肘の少し下になり、ちょうど具合がよい。カバンから古いノートパソコンと携帯電話をとり出すと、メールの設定を確認してから、私の加入しているプロバイダーにつないだ。

夕方で回線が混雑しているためか、三分ほど待たされたが、何とかつながって、私は友人に「その後どうしてる?」という簡単なメールを送った。合計五分である。

「喜多さん、本がきてますよ」

顔なじみの店員から声をかけられるまで、私はぼんやりと道を隔てたところの建物を眺めていた。古書マニアや編集者が集まる喫茶店が二、三軒あるが、そこでメールを送るとなれば、入って出てくるまでに最低十分はかかるだろう。ほかに便利な場所は思いつかなかった。

私は古書の包みのほかに新刊の入った紙袋をかかえながら、約束の場所へと急いだ。額にポツリ、ポツリと雨が感じられた。

「おーい、ここだ、ここだ」

神保町一丁目の裏通りにある寿司屋の二階の奥、襖が開いて都築の顔が覗いていた。

「どういう風にいったらいいのか……」乾杯が済むと、都築はすぐに話に入った。「おまえは、あの……真鍋講師とは何の関係もないよな」

「利害関係はない」

「それならいうが、彼女は死んだよ」

「――」

私はすぐには声が出なかった。床の間の安物の掛け軸ばかり見ていた。

「表向きは催眠薬の飲み過ぎということになってるけど、自殺だね」

自殺。このことばが乾いたがらんどうの頭の中で何遍も反響した。腕に鳥肌がたっているのを感じて、短めの上着の袖を引っ張った。

「信じられない。遺書はないのか」

「遺書かどうか、メモのようなものはあったそうだ」都築は手帳を出して、目をショボショボさせながら読んだ。『研究者はシステムである。死の多面的な挑戦を受けながら、自殺しなければならない』――これだけか、意味はよくわからないが、仏文の富岡先生はボードレールだといってた」

ボードリヤールの聞きちがいだろうと思ったが、私は異をとなえる気力もなかった。

「病気の亭主がいてね。一か月ほどホスピスで介護した後に死なれて、疲れが出たのかな。その一週間後に死んだ。まだ十日ぐらいしか経っていないんだ」

「たしか、亭主が教師だったという話は聞いたことがある」

「この話はここまで。じつは今日きてもらったのは、ほかの話があるからだ。おまえは利害関係がないと思うから、こちらが教えてもらうことになるけどね。まあ、もう少し飲め」

「適当に――」私は酒の味がよくわからなくなっていたので、食事を先に済ませることにした。デザートの果物を口にいれながら、都築はこれから話そうとしていることを整理しているようだった。

「単刀直入にいえば、学内では七月三十一日の事件の犯人を、彼女だと思っているんだ」

「そうか」

「話せば長くなるがね。最初の疑惑は、亡くなった長沢司書の妹という人が学校へやって来たことからはじまった。何でも姉名義の有価証券が学内の金庫か何かに保管されてないかということだった。そのようなものはないが、理由を訊ねてみると購入先の証券会社から取引明細書が送られてきたのに、彼女の所持品には該当の証書が見当たらないというんだ。よくあるドル建てのファンドらしいんだが、金額が一千万円ぐらいにはなるというんだな。何かの間違いかと思ったが、警察に調べてもらったところ、たしかに長沢名義のファンドが設定されているというんだな。途中の捜査経過は省略して、結果的に真鍋講師がこのファンドを勝手に解約し、横領していたことが判明したんだ」

「彼女がそんなことを……。信じられないね」

「参考人として訊かれたさいに喋ってるんだが、最初は親切心からだったそうだ。二人の関係は、真鍋講師が四年前にウチへ来てからの仲で、互いに気が合ったらしい。そのうちに独身の長沢司書が、給料から細々と蓄えた財形貯蓄か何かを、もう少し有利な増やし方はないかと相談したことから、真鍋が運用を任されたというのが真相らしい」

「お定まりのように、魔がさしたというんだね」

「遊ぶ金じゃないんだな。亭主の治療でホスピスのような末期医療を施すとなれば、金もかかるだろうが、熱烈な恋愛結婚だったというから、最後まで面倒を見たかったんじゃないかな。その上に、自分の研究のためには資料代を惜しまない性格だったからね。この傾向はかなり極端で、端から見ると経済観念に乏しいと思えるほどだった。司書や掛け持ちの講師の給料ではとうてい無理なわけだ。物いりのたびに長沢から借りていたようだが、そのうちに返せなくなっていったのは当然だ。

当初は長沢司書も真鍋に同情して、真鍋の欲しがる資料代の枠を操作してまで、可能な限り便宜をはかっていたらしいが、そのうちに『金を返さなければ、資料代の便宜をはからない。それどころか、学校に訴える』といい出した。二人が言い争う声を、バイトの学生たちが耳にしているほどだ」

「亭主はいつ亡くなったんだね？」

「事件後、十日目ぐらいかな。ほんとうに身内だけの密葬だったようだ。彼女としては、やるだけのことはやったというつもりだったんだろうね」

「大山の『書物の大学』という催しで偶然に出会ったんだが、喪服のようなものを着ていたっけ」

私は、そのときの様子をざっと物語った。

「取り込みがあるときに、そんなイベントに出るとは──、まあ、そこが彼女らしいとはいえるがね」

「それで、彼女はどんな具合に長沢司書を殺ったのかね？」

「警察も、彼女のアリバイが固いので、はじめのうちは容疑の圏外に置いていたようだけど、金銭問題が出てきては再捜査せざるをえなくなった。この事件で、はじめて浮かびあがった有力な動機だからね。その前の段階では、むしろ笠井教授が怪しいと思われていたようだけどね。展覧会に五時ちょっと前に行っていたと主張したらしいが、長沢司書が殺された五時少し前までには学校に戻ることが可能なんだからね」

「警察は、なぜ笠井教授の線を追及しなかったの？」

「かなりこだわったようだけど、動機が見つからなかった。もう少々泳がせようと思っていたそうだが、じつは手詰まりだったというのが正確で、そんなところに真鍋の疑惑が浮上してきたわけさ」

「すると、笠井教授はシロなのか？」

「まあ慌てるな。真鍋からはじめるほうが、わかりやすいんだ。問題の三十一日、彼女はスクーリングのために午前十時ごろ学校に出てきた。授業は午前一コマ、午後二コマで、これらは出勤簿のサインおよび授業のさいの出席簿記入によって確認されている。授業が終わったのは三時半で、そのあと講師控室で茶を飲んだあと、四時ごろ資料図書館に現れたということだ。そこで長沢司書に借金返済の延期を懇願したが受け入れられず、あまつさえ学校当局に暴露するといわれ、カッとなって凶行におよんだらしい。計画的でないことは、棚にあった出版文化賞の盾を用いていることだが、傷は頭部と項の二か所で、致命傷は被害者の後頭部の左側に加えられた一撃ということだ。左利きの、相当に強い力の持ち主ということがわかるね。当初は、警察も男性犯人説で動いたらしいが、あとで真鍋が高校時代からバスケの選手として鳴らしたことが判明した」

「おれも、彼女の馬力の強さにおどろかされたことがある」

「このあと、彼女は現場から逃走するんだが、出勤簿を見ると三時四十分と偽っているんだな。実際には四時半過ぎではないかと思う。それから駿河台の坂を下って神保町へ出て、二、三軒の本屋を覗いたあと、五時十分ごろにさかしま堂という古本屋に入る。そこには、数分前に長沢司書が送った注文のメールが届いていたが、記載の一部に間違いがあったので、店から長沢に確認の電話をかけたところ、すでに死亡していたことがわかった、という筋書だね。これら一連の動きはすべて事実であることが捜査によって裏付けられたので、彼女のアリバイは鉄壁のように思えた」

「その通りだね。おれもすっかり信じていた。時間のアリバイよりも、彼女が機械を持ち出したり、図書資料を盗み出すということに馴染まないものを感じていたんだが、犯行があったと思われる時間に、ちょうどおあつらえ向きに行きつけの古書店にいたり、電話で被害者が発見されるようにし向けていることに疑問を感じるようになってきた。さらに、彼女が長沢司書に依頼して発注した『言語地理学』という本が、大学に当日送られてきた、さかしま堂の目録に載っていたということも重要だ。彼女は目録を早く見たいので、自宅に送って欲しいと書店に頼んであった。さかしま堂がこの目録を発送したのは七月三十日だから、彼女の家には翌日配達されたはずだが、学校へスクーリングの授業で出てきた彼女は見ていないはずだ。しかるに、さかしま堂がこの本を出品しているのを知っていたということは、当日大学の長沢の手元に配達された目録を見たのではないだろうか。それなのに彼女は、当日は忙しくて資料図書館には入らず、長沢司書とは入口で立ち話しただけだといっている。おかしいじゃないか」

「警察は初めのうちは内部犯行の線にしぼりきれなかったようだね。何といっても大原書店のビル荒らしと同一犯人ではないかとする説のほうが有力だったらしい。最近大原のほうだけが窃盗グループの犯行とわかって、大学のほうを洗い直す必要が生じたわけだ。すると、あいかわらず他の教授連はアリバイがあるばかりか、動機らしいものは発見されないが——おれもそうだがね——、真鍋にはアリバイは成立しても、濃厚な動機があることがわかってきた。笠井も、疑えば疑えるというので、徹底的な洗い直しとなった。その結果、真鍋にはパソコン操作の疑いが出てきたわけだが、この点になるとおれは機械に弱いので……」

都築は手帳の一ページを破りとると、読みにくい細字で書かれたメモを私の前に置いた。私は老眼鏡を取り出して、それを判読した。
「だいたい、そういうことじゃないかな。こちらも気がついたことをメモにしてきたんだ。いま聞いた話を補ってみようか」私は二、三か所を訂正して、都築に示した。「時刻の確定しようのない箇所は概略を記入してあるから……」

一六：〇〇　真鍋、資料図書館へ入る。長沢司書に借金返済の延期を申し入れる。
一六：二〇　真鍋、申し入れを断られ、凶行。
一六：二〇　真鍋、パソコンのOSを操作し、時刻を「一七・〇三」に変更して注文伝票を作成。そのあと、現時刻に戻す。
一六：三五　真鍋、現場より立ち去る。玄関で出勤簿にサインし、退出時刻を「一五・四〇」とする。
一七：〇〇　真鍋、すずらん通りの東京堂書店に入る。無人の電話台（カウンター）にてモバイル（あるいはノートパソコン）を操作。
一七：〇五　真鍋、古書店（さかしま堂）にメール発信。そのさい、発信者名を国際文化大学とする。
一七：〇八　真鍋、東京堂書店を出る。

一七：一〇　真鍋、さかしま堂へ入る。店主に、メールの着信を確認させ、注文
　書の記載ミスを確認するとして、店の電話で長沢司書を呼びだす。
一七：一三〜一五　国際文化大学守衛、資料図書館で死体発見。

「まあ、こんなところだろうね。真鍋はウチの大学の教員に共通するアドレスを持っていたが、それは図書館職員と同じものだし、パスワードも長沢司書の仕事を手伝っているうちに知ったということが考えられる。個人の通信用ではないので、セキュリティも形式化していたんだね。要するに、難なく長沢になりすまして発信することができたわけだ」

「しかし、この表はまだ肝心なところが抜けている。彼女がなぜコンピュータや図書資料を盗んだのか、そんな重量物をどこに隠したのかという疑問が解明されていないわけだ。それについても、仮説を立ててみたんだが……」

「では、その仮説とやらを聞こうじゃないか」

「挑戦を受けたね」私は気の抜けてしまったビールで、カラカラな喉を潤した。「彼女が機械や本という非常に嵩張るものを持ち出したとすれば、意図がよくわからない。捜査の攪乱（かくらん）をねらったとしても、パソコンの時刻操作で十分なはず。それ以上の危険を冒したくはないはずだ。それに、パソコンには偽のアリバイ時刻が記録されているわけだから、そのままにしておいたほうが有利ともいえる。どうも、この件にはパソコンにあまり通じていない人間

が、もう一人関わっているような気がする」

「そういうことだろうね」

「そこで思い浮かんだのが笠井教授だ。彼は閉会まぎわの古書展で、大声でどなりまくったそうだが、いくら傲慢な性格から出たとしても、どこか不自然なものを感じる。すぐアリバイ工作ではないかと思ったが、最初のうちはその時刻が六時だとカンちがいしていたので、気づくのが遅れたのは残念だったね。六時ならアリバイ工作をしても何にもならないが、五時ということになるとじゅうぶん意味があることになる。彼は、展覧会で自己の存在を強調することで、アリバイをつくろうとしたんだ。そのように考えると、もう一つの疑問が出てくる。彼はどうして犯行が五時に装われているということを知ったんだろう？　答えは、彼が犯行の現場に居合わせて、真鍋のアリバイ操作を見ていたということだ」

「なるほど。先を続けてくれ」都築はニヤリとしながら、メモをとりはじめた。

「犯行の現場に両名がいたということは共犯とも考えられるが、それはないと思う。理由は真鍋がやったにしてはスマートでない行動が多いからだ。当日の夕刻、笠井はおそらく真鍋が資料図書館に入る前にやってきて、長沢と喋るか、あるいは資料を探すかしていたと思う。それは内密の用事だったので、真鍋の足音を聞いて書庫に身を隠した。窮屈な姿勢で立ち聞きしていると、長沢と真鍋の対立がはげしくなり、ついに凶行の場面を目撃する羽目になってしまった。ここで止めに入るチャンスはあったと思うが、よほど後ろ暗いことがあったのか、そのまま身をひそめていると、真鍋は何かパソコンをいじってから、立ち去っていった。笠井はすぐに書庫から飛び出したが、すでに長沢司書はこと切れている。おそらく彼も逃げ出そうとして、その時間に学内にいることが知られている可能性があると思い、辛うじて踏みとどまった。真鍋の操作した画面を見ると、パソコンに強いとはいえない彼にとっては意味がよくわからなかったが、真鍋のやっていたことが何かの偽装であることは自明だから、注意して見ると、最も新しいファイルが何と五時過ぎに作成されたことになっているのに気がついた。時計を見ると、まだ五時までには間がある。おそらく彼は、その一週間前に大原書店を襲った賊のことを耳にしていたのだろう。このシチュエーションを窃盗の仕業に見せかけるしかないと考え、まず図書資料を手当たり次第抜き取り、さらにパソコンの本体を外すなどして、それらを多分自室の机の下などに一時隠し、あとで学外に運び出すことにした。モニターは大きくて隠しきれないので、現場に残した。キーボードは指紋をつけたおそれがあり、とっさに拭うものが見当たらなかったので、持ち出すことにした。ここまでで、何か問題はないかね?」

「こちらも、犯人の見当をつけていたということをいっておきたいね。長身ではないかということは、盗まれた本が四、五段目ぐらいに集中していたことから想像できる。また書棚の奥行きの浅い箇所の本ばかりを盗んでいるのは、体型的に狭い書庫の奥には入りにくい人物が想像できると思う。真鍋も長身だが、痩せて身軽なので、それほどのハンディはないと思う。しかし、なぜモニターを残してキーボードを持ち去ったのかについては、想像が及ばなかったな」

「問題はそのあとだ。笠井は出勤簿の退出時刻に三時台ぐらいの怪しまれない時刻を記入し、門の外へ出た。何とかして五時のアリバイをつくろうと焦ったが、古書店以外に思いつかない。そのまま駿河台下へやってくると、土曜日なので展覧会の最終日であることに気がついた。閉会は午後五時である。これはしめたと、会場へ入っていって、一芝居演じたというわけだ。およそ、こんなところだろうね」

「大筋は合っているがね。笠井がなぜ隠れ場所から出るに出られなかったか。なぜ、パソコンを持ち出さなければならなかったかの説明がついていないね。しかし、それは外部の人間にはわかりにくいかもしれない。われわれにしても、最近の笠井教授の自供によって、ようやく真相がわかったんだからね」

「それを教えてくれなくちゃ」私はいらいらしながらいった。

「念のため、その日の笠井の行動をいまのリストに書きこむと、こんな具合になる」

一五：五〇　笠井、資料図書館へ入る。長沢に面会。
一六：〇〇　真鍋、資料図書館へ入る。笠井、書庫に隠れる。
　　　　　　真鍋、長沢司書に借金返済の延期を申し入れる。

一六：二〇　真鍋、申し入れを断られ、凶行。
一六：三五　真鍋、パソコンのOSを操作し、時刻を「一七・〇三」に変更して注文伝票を作成。そのあと、現時刻に戻す。
　真鍋、現場より立ち去る。玄関で出勤簿にサインし、退出時刻を「一五・四〇」とする。
　笠井、書庫から姿を現し、長沢司書の死亡を確認。
　笠井、真鍋の偽装を知る。
　笠井、図書資料とパソコンを研究室に隠す。
　笠井、出勤簿に偽の退出時刻を記入し、裏口より逃走。
一六：五八　笠井、東京古書会館（駿河台下）で開催の優書会に現れ、芝居をうつ。
一七：〇〇　真鍋、すずらん通りの東京堂書店に入る。無人の電話台（カウンター）にてモバイル（あるいはノートパソコン）を操作。
一七：〇五　真鍋、古書店（さかしま堂）にメール発信。そのさい、発信者名を国際文化大学とする。
一七：〇八　真鍋、東京堂書店を出る。
一七：一〇　真鍋、さかしま堂へ入る。店主に、メールの着信を確認させ、注文書の記載ミスを確認するとして、店の電話で長沢司書を呼びだす。

一七：一三〜一五　国際文化大学守衛、資料図書館で死体発見。

一七：一五　笠井、古書会館を去る。

「一つ注を入れたいのは、真鍋が時刻を偽ってファイルを作成したのは、この資料図書館のパソコンから発信されたことを強調するためで、それがあるために東京堂書店のカウンターから発信したメールが、説得力を持つことになるということだね」

「しかし、笠井がその資料図書館のパソコンを持ち出してしまったので、警察には偽装ファイルも何も目につかなくなったのでは——」私は途中で真鍋が見たというプリントアウトの用紙のことを思い出したが、都築の説明のほうが早かった。

「いや、その辺は笠井も抜け目はない。パソコンを持ち出す前に、偽装ファイルを含めた注文伝票の一覧表を、過去一週間分ぐらい、プリントアウトしているんだね。そうしないでパソコンを持ち出してしまうと、おまえのいう通り、犯行が五時三分過ぎに起こったという主張ができなくなってしまうからだが、しかし、こんな手間を費やしてまで、なぜ機械を持ち出したのか、だ」

「他人に見られたくないデータが入っていたからだろう？」

「その通り。結論からいえば、彼は最近ウチの学校の紀要に寄せた論文のなかで完全な剽窃(ひょうせつ)

を行って、バレかかっていたんだね。何でもそれは昭和八年に書籍会（しょせきかい）という図書館人や学者のグループが発行していたパンフレットで、今日ではすでに忘れられている出版物だが、笠井はその一冊『図書資料収納の書架と湿気』という、当時の商科大学付属図書館の研究論文を学校のシステムを通じて手に入れ、非常にめずらしい、だれにも引用されたことのない資料なので、まさか気がつく者もいないだろうとタカをくくって、全文をそっくりいただいて発表したんだ」

「かつての『近代人物資料集成』の編者が、ねえ……」

「麒麟（きりん）も老いては駑馬（どば）に劣る。もともと彼は企画者に過ぎず、学者としての才能はゼロの男だが、ここで盗作が暴露されたら身の破滅と、防戦にまわったんだ。バレかかったといっても、具体的に指摘されたわけではないが、このめずらしい資料と同一のものが古書店の目録に出現して、学内で発注をかけた者がいるということが判明したときの、彼の慌てぶりは想像できるだろう？」

「その発注者が真鍋だった」

「図書館司書だから、この種の資料には関心があるわけだ。とにかく笠井は自分がすでに入手している資料を隠匿（いんとく）し、真鍋の発注したものを自分が手に入れ、真鍋には『売切』と偽らせようとした。ウチでは学内で資料を購入する場合、すでに蔵書のある分については重複しないようにし、どうしても必要なものは審査にかけることになっている。笠井としては、剽窃がバレないようにするには、なんとしてもこの資料が真鍋の目に入らないようにしなければならないが、その手段としては過去の購入記録を抹消することと、真鍋の購入請求を拒むことしかない」

「わかった。それなら、笠井の行動が理解できるよ」

「彼は長沢司書に、理由はいわずにその処置を依頼した。元来長沢は笠井の紹介でウチに就職したといういきさつがあるので、一旦は承諾しかけたが、どうも笠井のやり方が強引に過ぎるのと、なにか不正があるようで気持がよくないというので、真鍋とそれほど対立していないころ、ポロッと漏らしてしまったんだね」

「真鍋は、ぜったいに抹消してはいけないと入れ知恵した」

「そのようだね。笠井としてはなぜ突如として長沢がいうことを聞かなくなったのか、戸惑ったと思うが、やがて背後に真鍋がいるのではないかと気がついた。そこで彼女と接触し、遠回しに話を持ちかけたが、うまくいかなかった。笠井によると、真鍋から『私は資料代がかかる人なの』といわれたそうだが、これが口止め料の要求だったかどうか……」

「笠井の証言だけではわからないね」

「事態は完全な手詰まりに陥ったが、その矢先に事件が起こったわけだ。笠井は形勢が一変したのを知って、真鍋に対して強腰になった。無論、自分も事件の発生時刻に資料図書館にいたわけだから、大きな顔はできない。知っているぞとほのめかす程度だったようだが、真鍋としては不安になるばかりだった。相手はどこまで知っているのかと、疑心暗鬼になっていったことが想像される」

「むずかしい事態だね」

「初めておまえに真鍋を紹介したとき、笠井が現れて険悪な雰囲気になったね。たぶん、あのころはまだ真鍋は笠井が彼女の犯行を知っているとは気がつかず、警察が大原書店の空き巣と同一に考えてくれないものかと期待していたんじゃないかな」

「大原の空き巣と似ているといったところ、乗り気になっていたっけ」

「ところが、間もなく笠井が接近しはじめたので、逃げまわるうちに、どうも犯行のさいに笠井が資料図書館の書庫に隠れていたのではないかと疑うようになっていった。笠井が展覧会で五時のアリバイをつくろうと下手な芝居を演じたのは、五時という時刻の意味を知っているとしか考えられないからね。当然パソコンを盗んだり、図書を盗んだりして空き巣を装ったりしたのも笠井だろうとは思ったが、証拠はないし、なんといっても自分のほうは殺人を犯した現場を見られてしまっている。一方の笠井としては、司書殺しよりも自分の名誉のほうが重要だから、当面は彼女におどしをかけて、剽窃やデータ抹消の件を内密にさせるだけでよいわけだが、それを強行すれば真鍋のことだから、どんなリアクションを起こすかわからない。そこで執念深く彼女に面会を求めたり、つきまとったりしはじめた」

「ストーカーだな。彼女が地方へ逃げると、そこまでも執念深く追いかけていったということか」

「そういうことがあったのかね?」

私は答えなかった。大山での彼女の落ち着かない挙動に思い当たったものの、それが自分の見た夢のなかのイメージと関係があるのかどうか、さらに分科会で目撃したことと関わりがあるのか否か、自分の判断に自信がなかったからである。かわりに一つ質問を発した。

「笠井は容易に自白するようなタイプではないようだけど、証拠は挙がったのかね?」

「事件後、教授会がセキュリティの強化を要請した。笠井も教授なので、仕方なく同意したんだが、守衛の目が光っているので、嵩張る機械や図書を一時に処分することがむずかしくなってしまった。彼はクルマを運転するんだが、本は一冊か二冊ずつ自分のカバンに入れて持ち出すほかないという非能率ぶりで、住んでいる中野あたりだと、途中で捨てようにも適当な場所がなくて、やむなく自宅にまで持ち帰っていたんだね。シュレッダーで処分する手もあったと思うが、そこは自分で苦労して集めた資料だから、断裁するのは忍びなかったといっている。機械のほうは大きすぎてカバンには入らないので、ある日、エッチラ、オッチラ学校の裏口から持ち出した。そこは細い道を五十メートルほど行くと、病院の玄関前に着くんだが、脇に受付があって、夜勤の守衛が笠井の姿を目撃していたんだね。その姿には異様な印象を受けたといっている」

「笠井には、なんというか、妖気が漂っていたからね」

私はあらためて、半月まえの悪夢を思い出した。あのとき、笠井はほんとうに私や真鍋の身辺にいたとしか考えられなかった。

「結局、その機械も処分し切れず、地下鉄の駅のロッカーに預けておいたところを、所持していたキーから足がついた。発見されたとき、機械は黒い布袋にしっかりと覆われていたそうだ」

あとがき

神保町には古書店が約百四十軒もあり、隣接の小川町にある東京古書会館を含めて全国の愛書家、収集家にとっては文字通りのメッカにあたる。私は十六歳、高校一年生のときに初めてここを訪れ、古書街に魅せられて以来、今日まで半世紀のあいだ通いつめることになってしまった。

このような神保町フリークスが、古書店めぐりに疲れた足を裏通りの喫茶店などで癒しているとき、たまたま脳裏に浮かんだよしなしごとをミステリに仕立てたのが本書だと思っていただきたい。

神保町という名は、江戸時代に神保という旗本が住んでいたことに由来するというが、この人物が愛書家だったという話は聞かない。一九四七(昭二十二)年に猿楽町や今川小路、一ツ橋通町ほかを編入して現行の神田神保町という名称に改められた。

戦後の神保町の復興が早かったのは戦災を免れたからだが、これは東京帝国大学で学んだフランスの日本学者エリセーエフが、古書街には爆撃をしないようマッカーサーに進言したためといわれる。真偽は定かではないが、周囲の町がすべて爆撃されているところを見るとリアリティーが感じられる。

その後神保町は一九六〇年代の古書ブームに乗って高度成長を遂げ、地域の新刊書店も大型化した。このころは周辺の学校数も増え、学生や研究者、さらには日本を研究する外国人にとっては資料の宝庫となった。図書館後進国の日本にあって、神保町が文化的蓄積を担うことに一役を果たしたことは疑いないであろう。

しかし、七〇年代以降の神保町は学生や研究者などの顧客の減少あるいは気質の変化によって、街の雰囲気も徐々に変化している。表通りにはサラリーマンの姿が目立ち、かつての学生たちのように安い本を求めて一軒一軒をハシゴするような図は、急速に姿を消しつつあるように思われる。

本書はそのような神保町クロニクルを前提に、愛書家や収集マニアの動きを追ったものだが、あくまで私の頭のなかで紡ぎあげたフィクションに過ぎず、この四、五十年のあいだに見聞した多くの愛書家のエピソードを断片的に拝借したり、想像のなかでふくらませたりしたものであることをお断りしておきたい。

第一話は前述のブーム絶頂期における展覧会を舞台に、そこで出会った一人の愛書家を回想したもので、『鮎川哲也十三の謎'90』(東京創元社、一九九〇)に発表したものに手を加えた。じつは私の『古本屋探偵の事件簿』(創元推理文庫)中の「殺意の収集」も、同じ人物にまつわる二、三の挿話を紹介しているので、ご参照いただければ幸いである。

　第二話は七〇年前後から八〇年代末期ごろまでに流行した各地の愛書家グループの活動をヒントに、いわゆるコレクター気質の一端を描いたもので、特定の人物を念頭においたものではないが、そのころ小耳にはさんだエピソードを一つ二つ借用している。私はコレクターの一人として「競り」に関心があるので、一部の愛書家グループが仲間うちで行っているゲームとしての競りを、いささかデフォルメして扱ってみた。近年も、ある収集家の集まりで定期的に競りが行われているということを聞いている。ちなみに『憂鬱な愛人』は実在の書物で、漱石（そうせき）の長女の夫となった松岡譲（まつおかゆずる）の作品である。

　第三話は九〇年代末期からスタートした神保町のインターネットに想像力を刺激され、電子検索による資料収集をテーマにフィクションを構築してみた。ここに記した方法は、現在防止手段が開発されているが、作品で扱った一九九九年夏には未だ十分でなかった。その他のこと、たとえば人名、組織名、事件などのすべては創作であり、実在のものにはまったく無関係であることをお断りしておきたい。

二〇〇〇年一一月

著者

文庫版刊行にあたって

本書は『神保町の怪人』（二〇〇〇、東京創元社）の文庫化である。私が古書ミステリに手を染めたのは一九八〇年代で、古書店の店頭や即売展などは、現在よりも活況を呈していた。一口にいえば、新時代の神保町が形成されつつあって、いたるところに刺激的な場面が醸成されており、古書ミステリの材料はいたるところにころがっていた。

そのような機運に乗って、二、三の作品を世に問うてみたところ、さいわい好評を得たので、だんだん狭い意味での古書界を離れ、当時盛んであった愛書家グループの活動や、学者・研究者の世界にも挑戦してみようと考えたのが本書である。

怪人物を扱ってみたが、第一話「展覧会の客」に登場する人物は、私の第一作「殺意の収集」（『古本屋探偵登場』所収）の主役とほとんど共通である。これはモデルが実際に存在する（故人）という理由につきる。第二話「『憂鬱な愛人』事件」のモンスター級のコレクターにもモデルが存在するが、この人物もすでに十数年前に亡くなっている。自著が三十冊近くあり、学問上の功績もある。肝心の『憂鬱な愛人』は二〇二〇年に新かなに組み直した新装版が出てしまったが、古書とは別物といえよう。第三話「電網恢々事件」は、文献整理にパソコンが使われだした当時の混乱を描いたもので、いまとなっては古典的な話柄でしかあるまいが、クロニクル的なおもしろさはあるかもしれないと考え、採録することにした。

ちなみに本書は二〇〇〇年の初版であるから、文庫化までには通常よりもだいぶ時日を費やしてしまったことになる。刊行後数年を経たころ、担当編集者のすすめに従い、本書の文庫化と同時に新作を一編上梓したいと考えたこともあったが、その折も折、神奈川県下の文学館から請われてその運営に関わることになったのをはじめ、執筆時間や環境上の大きな変化が重なって、悠々とミステリの謎を構築したり究明したりする余裕は急速に失せてしまったのを思い出す。

読者のご期待を果たし得なかったことは、いまさらながら申しわけないが、いまは往事をしのび、懐旧の念とともに筆を擱くことをお許し願いたい。

二〇二三年八月

著者

解説

北原尚彦

神保町（東京都千代田区神田神保町）は、「本の街」として知られる。わけても、多数の古本屋が並ぶ「古書街」であることが特徴だ。『ＪＩＭＢＯＣＨＯ古書店ＭＡＰ２０２３』には、神田古書店連盟所属の古本屋だけで百二十四店も掲載されている（神保町「界隈」の店も含む）。所属しない店も含めれば、それ以上となる。海外諸国にも「古本の街」や「古本村」は存在するけれども、これほどの数の古本屋が並んでいるのは珍しいらしい。

そんな古書街である神保町には、様々な怪人・奇人たちが集まってくる——古本を求める、古書収集家だ。古書収集家はいわゆる「マニア」の一種だが、その行動などからしてマニアの中でも極めて特異な部類に入るだろう。彼らは主に、金曜日か土曜日に神保町へやって来る。神保町に隣接する神田小川町の「東京古書会館」では、毎週のように金曜日と土曜日に「古書即売会」が開催されるからだ。古書即売会で古本を漁った古書収集家たちは、神保町へ散らばっていく。それぞれのお目当ての古書店を、順に巡るために……。

本書はそんな神保町の怪人たちの生態や、彼らが巻き起こす怪事件の数々を描いた「古書ミステリ」なのだ。事件を解き明かす探偵役は、やはり古書収集家のひとりである「わたし」こと「喜多」である。作者が「紀田」順一郎であることを考えれば、これが作者本人の分身であることは言うまでもあるまい。

作者・紀田順一郎は子どもの頃には江戸川乱歩（『怪人二十面相』！）や海野十三（うんのじゅうざ）に夢中になり、若くして書物に取り憑（つ）かれ、神保町で古本を買いまくった（彼と神保町古書街の長い付き合いについては、エッセイ集『私の神保町』に詳しい）。慶應義塾大学在学中は推理小説同好会に所属。その後読書論・評論を中心に活躍し、怪奇幻想小説のアンソロジー編纂や翻訳も行っていたが、やがて創作にも乗り出す。ミステリ好きであり古書収集家であった彼が「古書ミステリ」というジャンルを選ぶのは自然な流れだった。《古本屋探偵》シリーズの第一作と第二作を収めた『幻書辞典』（一九八二年）である（後に文庫化に際して『古本屋探偵登場』と改題）。

この《古本屋探偵》シリーズは、古書店主である須藤康平を主人公（探偵役）とするもの。その後も複数の中・短篇と長篇が書かれ、一九九一年に創元推理文庫で『古本屋探偵の事件簿』として分厚い一巻本にまとめられた（このほど、これが二分冊で『古本屋探偵登場』『夜の蔵書家』として再刊されることとなった）。

そのシリーズ以外の古書ミステリが、それぞれ独立した単独作『古本街の殺人』（旧題

『鹿の幻影』〔一九八九年〕）、『古書収集十番勝負』（旧題『魔術的な急斜面』〔一九九一年〕）、『第三閲覧室』（一九九九年）、そして本書『神保町の怪人』（二〇〇〇年）というわけである。

　それでは、本書収録の各篇について解説していこう。

　第一話「展覧会の客」は『晩鐘と暁鐘』という稀覯書を巡る物語。この本は「袖珍本」であると書かれているが、「袖珍」とは「（和服の）袖に入るぐらいの小型のもの」という意味。つまりは小型本のこと。「菊半截判（A6判相当）」ともあり、A6は要するに文庫サイズである。そんな古書が、デパートの古書展覧会で消えてしまったのだ。「古書展覧会」も今ではあまり言わないが、要するに百貨店で開催される古本市、通称「デパート市」である。「デパート市」は東京では新宿の京王百貨店、小田急百貨店、伊勢丹などで長く開催され、日によってはデパート市の「ハシゴ」も可能なほどだった。しかしこれらの数はめっきり減ってしまい、寂しい限りである。とはいえ全国的にはまだまだ色々と開催されており、古書会館で開かれる古書即売会に比べれば古本マニアではない一般人にもハードルが低いと思うので、本好きならばちょっと覗いてみて頂きたい。

　第二話「『憂鬱な愛人』事件」は、これまた稀覯書である『憂鬱な愛人』を巡る話。但し事件が発生するのは古本屋や古本市ではなく、「古書交換会」である。これは業者ではなく、素人の古書収集家たちが集まってお互いに古本を出品してオークションをする会だ。

本書の中には実在の古本や著者が色々と登場するが、その中には架空のものも取り混ぜられている。第一話中の「三品由来雄」のようにモデルがあからさまに分かるものもあるので、そういう部分では「ああ、これは××のことだな」とニヤリとしていただきたい。

しかし松岡譲『憂鬱な愛人』は、実在する書物である。夏目漱石うんぬん、という部分も事実なのだ。

モデルと言えば、本書に登場する「怪人」には、作者自身が明かしているように実在のモデルがいる。わたしは古本の師匠である横田順彌氏に「あれは××のことだよ」と教えてもらったことがある。故人であり、かつあくまで「モデル」ではあるとはいえ、作中で事件を起こしているので、ここで明記するのは避けておこう。

第三話「電網恢々事件」は、大学が舞台となる。神保町は、大学の街としても有名なのだ。もちろん、古本を巡って事件が発生するのだが。

「ノストラダムスの大予言とやらが的中するとすれば、先月あたりに恐怖の大王とやらが降臨するはずだった真夏の金曜日の午後」という記述がある。五島勉『ノストラダムスの大予言』によれば、「1999年7の月」に「空から恐怖の大王が降ってくる」ということだったので、この事件は一九九九年八月の出来事ということになる。さらに言えば「金曜日」なので、六日、十三日、二十日、二十七日のいずれかである。その少し後に古書店・明文堂の店主が「七月の三十一日」を「先週の土曜日」と言っているので、「一九九九年八月六日の金曜日」が正解ということになる。なお、ここで喜多が店主のことを名字ではなく「明文堂」と書いているが、古本の世界では古書店主をその屋号（店名）で呼ぶのが通例となっているがゆえだ。

発生する事件は、今回は殺人事件。大学図書館の司書が殺害され、パソコンや資料や研究論文が盗まれたのだ。そしてインターネットが関係してくるが、これは二十世紀末の出来事であることを頭において読んで頂きたい。現代から見れば、まだまだインターネットは発展途上の時期なのだ。本作には神保町の「参加店八十店」の古書サイトが出てくるが、今では「日本の古本屋」というサイトがあり、日本全国の古本屋（全古書連傘下）が登録した在庫が検索できるようになっている

作者は早くからデジタルなツールに注目しており、インターネット普及以前に『ワープロ書斎生活術』（一九八五年）を著しているし、以降『インターネット書斎術』『デジタル書斎活用術』（共に二〇〇二年）などの著書がある。

「古本ミステリ」全般についても、ここで触れておこう。わが国で古書ミステリというと、主要なものは長らく梶山季之（かじやまとしゆき）『せどり男爵数奇譚』（一九七四年）ぐらいしか見当たらなかか

った。そこへ《古本屋探偵》シリーズが登場し、古書ファンでもあるミステリファンは、もろ手を挙げて大歓迎したのである。

『せどり男爵数奇譚』及び紀田順一郎による作品以外の古書ミステリもざっと紹介しておこう。やはり古本マニアである横田順彌には、（ＳＦやファンタジーも含む）短篇集『古書狩り』がある。また同様の趣向だが連作短篇集となっている『平成古書奇談』は長らく単行本化されていなかったが、作者の没後にようやくまとめられた。様々な作家によるアンソロジーならば、ミステリー文学資料館編『古書ミステリー倶楽部』『古書ミステリー倶楽部Ⅱ』がある。海外ではマルコ・ペイジ『古書殺人事件』が古典的だが、近年のものならばジョン・ダニングの『死の蔵書』に始まるシリーズやブラッドフォード・モロー『古書贋作師』などなど。海外の短篇については、「古本ミステリ」という範疇からやや外れるものもあるかもしれないが、書痴たちを巡る短篇を集めたアンソロジーとして、紀田順一郎編『書物愛【海外篇】』がある（『書物愛【日本篇】』と共に創元ライブラリに入っている）。本書『神保町の怪人』を面白く読まれた方ならば、これらも楽しく読めるはずである。ちなみに『古書ミステリー倶楽部』『書物愛【日本篇】』には、本書第一話の「展覧会の客」も収録されている。

そんな古書ミステリは「マニアの好むもの」という印象がなきにしもあらずだった。そんな状況を打破したのが、ライト文芸というジャンルにおける三上延（みかみえん）『ビブリア古書堂の事件手帖』(二〇一一年)のヒットである。ドラマ化もされ、大ベストセラーとなった。おかげで古本ミステリというジャンル全体も注目を浴び、《古本屋探偵》シリーズの『古本屋探偵登場』(文春文庫)が三上延の「愛書狂たちの凄すぎる争奪戦。これが古書ミステリーの本流です。」という言葉を載せた帯を巻いて復活したのである。余談になるが、『せどり男爵数奇譚』も『ビブリア古書堂の事件手帖』に出てきたおかげで、ちくま文庫版が増刷を重ねたらしい。というわけで、『ビブリア古書堂の事件手帖』のファンには、是非とも『神保町の怪人』にも手を伸ばしていただきたいものである。

余談ついでに、もうひとつ。紀田順一郎の《古本屋探偵》シリーズは、アガサ・クリスティの《パーカー・パイン》シリーズを意識して書いたものだそうだ。須藤康平は「昔の本、今の本、名簿。▼卒論参考書。何でも見つけます。」という広告を出しているが、これはパーカー・パインが「あなたは幸せですか? 幸福でないかたはパーカー・パインにご相談ください」という新聞広告を出していることを踏まえているのだ。

『神保町の怪人』は、二〇〇〇年十一月(ぎりぎり二十世紀!)に東京創元社の《創元クライム・クラブ》の一冊として刊行された。当時、本書が出てすぐに入手し、あまりの面白さにその日のうちに読んでしまった記憶がある。ところが意外なことに、単行本刊行後は一度も文庫化されておらず、今回が初の文庫入りとなる。てっきり文庫化されているものとばかり思っていたが、「文庫版刊行にあたって」で触れられているような事情があったのだそうだ。

自分も若い頃から長らく古本を買ってきたが、あくまで古書の世界の隅に身を置いているに過ぎないつもりでいた。古本屋をうろつき回るにあたっては、紀田順一郎『古書街を歩く』で勉強したりするような、いち古本ファンとして。しかしどうも、最近では自分も神保町の怪人・奇人のひとりにカウントされているきらいがあるようだ。となれば、事件のひとつも起こさねばなるまいか。その際には「喜多」氏に解き明かして頂くことにしよう。

本書は二〇〇〇年に刊行されたものの文庫化です。

著者紹介 1935年横浜市生まれ。慶應義塾大学経済学部卒業。近代思想史、社会史、出版研究家。主な著書に、『東京の下層社会』『日記の虚実』『幻想と怪奇の時代』『蔵書一代』『古本屋探偵登場』『夜の蔵書家』など。訳書に『M・R・ジェイムズ怪談全集』などがある。

神保町の怪人

2023年10月20日　初版

著 者　紀田順一郎（きだ じゅんいちろう）

発行所　（株）東京創元社
代表者　渋谷健太郎

162-0814/東京都新宿区新小川町1-5
電 話　03・3268・8231-営業部
　　　03・3268・8204-編集部
URL　http://www.tsogen.co.jp
DTP　フ ォ レ ス ト
暁 印 刷 ・ 本 間 製 本

乱丁・落丁本は、ご面倒ですが小社までご送付ください。送料小社負担にてお取替えいたします。

ISBN978-4-488-40608-0　C0193